KB180106

혼자여도, 혼자여서 괜찮아

혼자여도, 혼자여서 괜찮아

이병철, 김영석, 김하나, 김용운, 박은정, 백정우, 오재원,

유려한, 엄관용, 이현호, 이태형, 정병욱, 나영길, 조수광, 박희아

도마뱀

무인도는 없다

이토록 오래 이어지리라 예상한 사람은 많지 않았을 테다. 벌써 이태가 다 되어간다. 사회적 거리두기 최고 수위인 4단계가 몇 달째 계속되더니 이제는 '위드 코로나'가 본격적으로 논의되고 있다. 앞으로 우리 삶은 어떻게 될까. 코로나19 사태가 종식된다고 이미 달라진 일상의 풍경이 예전으로 돌아갈 수 있을까.

미증유의 위기와 미래의 불확실성 속에서 모두가 지쳐가는 이때. 누군가는 이런 현실을 피해 코로나19가 없는 무인도에 들어가고 싶다고 하고, 누군가는 코로나19 때문에 사람을 제대로 만나지 못하고 집에만 있는 것이 꼭 무인도 생활 같다고도 한다.

전자에게 무인도가 휴식처 혹은 도피처라면, 후자에게 무인도는 고립과 외로움의 상징에 다름없다. 같은 공간이 이렇게 다른 이미지를 가질 수 있다니. 코로나19도 그랬으면 좋겠지만, 거기서 밝은

면을 찾기란 쉽지 않은 일이다.

'문예단행본 도마뱀' 시리즈 5호는 『혼자여도, 혼자서 괜찮아』이다. 다양한 분야에서 활동하는 문화예술인들이 '무인도'를 키워드로 글을 썼다.

팬데믹같이 큰 문제가 아니더라도 무인도는 이야깃거리가 많은 소재다. 무인도는 혼자만의 시간에 대한 비유, 고립이나 단절의 상징으로 곧잘 쓰인다. 항해 중 조난을 당해 무인도에 표류하는 이야기도 흔하다. 책으로는 대니얼 디포의 『로빈슨 크루소』가 대표적이고, 영화라면 톰 행크스의 열연과 배구공 '윌슨'이 활약한(?) 〈캐스트 어웨이〉가 떠오른다.

근래에는 무인도 매매에 대한 관심도 높다. 무인도는 가상의 공간으로서가 아니라 실제 여행지로 또 주거의 공간으로도 주목받고 있다. '무인도에서 살아남기'를 콘셉트로 하는 콘텐츠도 많고, '내가 무인도에 간다면', '무인도에 갈 때 가져갈 것들' 따위의 질문도 여기저기서 들을 수 있다.

아무도 살지 않는 무인도가 사람들 간에 자주 오르내리는 것은 아이러니한 일이다. 그만큼 무인도가 우리의 상상을 자극하기 때문일 테다.

마르셀 프루스트의 방대한 소설 『잃어버린 시간을 찾아서』에는 주인공이 마들렌을 먹다가 옛 기억으로 빠져드는 유명한 장면이 있

편집부의 말

다. 이 책에는 마들렌 대신 무인도가 있다. 여러 필자들이 무인도를 통해 잊지 못할 추억의 순간들을 소환한다. 그들이 말하는 무인도는 때로는 쓸쓸하고 때로는 따뜻한 곳이다. 사랑과 고독, 설렘과 그리움, 소통과 불통 등이 공존하는 공간이다. 읽는 분들 또한 그들의 이야기에 공감하면서 저마다의 무인도를 떠올릴 듯싶다.

『혼자여도, 혼자여서 괜찮아』에는 또한 실제 삶의 공간으로서 무인도의 현실, 무인도에 관련된 다양한 예술작품, 무인도라는 렌즈를 통해 본 세상의 이모저모, 인문학적인 시선으로 바라본 무인도 등 다채로운 얘기가 있다. 그중에는 틀림없이 여러분이 머물고 싶은 무인도도 있을 것이다.

사실 무인도(無人島)란 존재하지 않는 것인지도 모른다. 우리의 상상이 미치는 순간, 사람의 발길과 시선이 닿는 순간 그곳은 더는 무인도가 아니기 때문이다. 책도 그렇다. 서점 서가에 꽂혀 있는 수백 수만의 책들은 그 자체로 무인도에 다름없다. 그렇지만 누군가의 눈길과 손길이 머물 때 책은 유인도(有人島)와 같은 의미를 갖는다.

마음도 마찬가지. 한 사람의 얼굴이나 책의 한 구절이 살고 있는 마음이라면, 무인도처럼 적적하지는 않을 테다. 『혼자여도, 혼자여서 괜찮아』가 여러분의 마음속 무인도를 유인도로 바꿔줄 수 있기를 바란다.

차례

5   편집부의 말 무인도는 없다

11   무인도 되기, 안기, 없애기 / 이병철

21   고혹과 곤혹 사이 / 김영석

33   엄마에게는 나만의 무인도가 필요하다 / 김하나

41   무인도를 상상하기 전에 알아야 할 것들 / 김용운

51   밤이 오면 우리는 각자의 섬으로 들어간다 / 박은정

61   다시 되돌릴 수 있을까? / 백정우

71   노란배코브라는 뻐끔살무사를 잡아먹는다 / 오재원

77   스스로 무인도를 만드는 사람 / 유려한

87   두 개의 섬 / 엄관용

95   세상의 거의 모든 순간 / 이현호

103   플라스틱 아일랜드 / 이태형

117   이름 없는 취향의 섬에 산다 / 정병욱

127   금토동金土洞 / 나영길

143   무인도가 되어버린 / 조수광

153   폐, 심장, 자궁, 입술, 뇌 / 박희아

무인도 되기, 안기, 없애기

이병철 ✳ 시인, 문학평론가

섬, 이라고 소리 내 발음하면 서늘한 기운이 느껴지면서 체온이
조금 내려간다. 한여름 무더위와 열대야로 고생할 때 써먹기 좋은 방
법이다. 나는 종종 섬으로 상상의 피서(避暑)를 떠나곤 한다. 섬, 이
라고 한 번 더 발음하면 푸른 향기와 함께 파도 소리가 밀려온다. 언
제나 상상이 현실보다 풍요롭지만, 섬에서는 전세가 역전된다. 무엇
을 상상해도 그 이상이다. 상상 속 푸른 향기는 바다와 마주하는 순
간 구체적으로 분명해진다. 섬에서는 시원한 쿨워터 향수의 내음이
난다. 박하 성분이 들어간 샴푸 향기가 나기도 한다. 파도에서는 쌀
씻어 안치는 소리, 연극이 끝난 후의 박수 소리가 들린다. 니코스 카
잔차키스는 『그리스인 조르바』에 이렇게 썼다. "따사로운 가을날 낯
익은 섬의 이름을 외며 바다를 헤쳐 나가는 것은 사람의 마음을 쉬 천
국에다 데려다놓을 수 있는 것이어서 나는 좋아한다. 그곳만큼 쉽게

사람의 마음을 현실에서 꿈의 세계로 옮겨가게 하는 곳은 없으리라" 라고.

섬은 나른한 꿈의 세계, 모든 생각이 평화로운 비무장지대다. 그럼에도 섬에서 나는 죄지은 것도 없이 죄인이 된다. 수평선을 훔친 내 눈이 푸른 수의(囚衣)를 입고 푸르디푸른 감옥에 갇힐 때, 벗어날 수도 없고 벗어나기도 싫은 자발적 징역이 시작되기 때문이다. 섬에 가면 그 푸름에 그냥 눌러앉고 싶어진다. 몇 해 전, 해무가 바다를 집어삼켜 배가 뜨지 않는 가거도에 고립됐을 때도 며칠 더 머물 수 있음에 기뻤다.

나는 섬을 사랑한다. 굴과 소라와 전복과 미역을 좋아한다. 사람들이 '귀신 나오는 노래'라며 꺼리는 동요 〈섬집아기〉를 자주 흥얼거린다. 사이먼 앤 가펑클이 부른 〈I am a rock〉에서 "I am an island"라는 가사를 좋아한다. 육지에서 볼 수 없는 특별한 빛깔을 지닌 섬의 노을을 보면 뭉클하다. 몸에 불이 붙은 사자가 온 하늘에 불꽃을 흩뿌리는 형상이 새벽놀이라면 저녁 해거름은 엄지손톱에 든 봉숭아물의 색감을 지녔다. 섬의 저녁을 거닐 때 부윰한 분홍빛이 내 마음에 꽃물을 들인다. 차르르 밀려오는 파도에 가만 귀를 대면 돌아오지 않는 먼 시절, 사랑하는 이가 찬물에 손 씻던 소리가 들리기도 한다.

섬을 사랑하는 건 꼭 내 취미가 낚시라서만은 아니다. 내 몸에는 섬의 기억이 새겨져 있다. 파도가 몽돌을 달그락달그락 핥는 소리, 바람에 날려 오는 해초 냄새, 입술에 닿는 봄비의 짠맛, 분홍빛 물

이병철

고기 떼의 산란을 흉내 내는 저녁 구름, 설탕처럼 쏟아지는 밤별, 바다와 높이를 맞춰 누운 지붕들… 나는 섬이라는 선험의 인도를 받아 물을 사랑하게 됐고, 물을 사랑하면서 바다를 학습했다. 이것은 엄마를 통해 이어지는 유전이다. 엄마는 바닷물로 밥을 지어 먹은 섬 사람이다. 전라남도 완도의 작은 마을 초평리가 엄마의 고향이다. 내가 태어나 처음 본 바다, 아니 태어나기 전부터 본 바다는 섬의 것이다.

그러니까 섬은 일종의 운명인지도 모른다. 살면서 수많은 섬을 여행했다. 제주도, 가파도, 마라도, 지귀도, 우도, 추자도, 울릉도, 덕적도, 비진도, 사랑도, 가거도, 완도, 청산도, 보길도, 외도, 홍도, 만재도, 위도, 개야도, 녹도, 초도, 강화도, 교동도, 거금도, 식도, 금오도… 외국의 섬들도 아름다웠다. 크레타, 산토리니, 카프리, 바이칼 알혼… 그러고 보니 모두 사람이 사는 섬이다. 사람이 살지 않는 섬, 무인도에는 단 한 번도 가보지 못했다. 가고 싶다고 갈 수 있는 곳도 아니고, 가서는 안 되는 곳이기도 하다. 섬이라는 운명이 혹 무인도 표류로 이어지진 않을까, 가끔 걱정하며 상상하곤 한다.

"무인도에 간다면~"으로 시작하는 질문은 만국 공통 게임일 것이다. 무인도에 간다면 꼭 가져갈 세 가지로 낚싯대, 라디오, 가족사진을 꼽는 나는 '현실 반 낭만 반'인 사람 같다. 집이야 나뭇가지와 나뭇잎을 이용해 대충 만들고, 식수는 코코넛 등을 통해 얻을 수 있다. 명색이 낚시 티브이에도 출연한 전문 낚시인인데, 낚싯대 하나만 있으면 식량을 확보하는 건 자신 있다. 라디오는 세상 소식을 알기

무인도 되기, 안기, 없애기

위해 필요한 물건이지만, 음악을 듣기 위해서이기도 하다. 음악 없는 세상은 상상할 수 없다. 스마트폰을 가져가는 건 왠지 반칙 같고, 어차피 충전기를 꽂을 데도 없다. 구조 요청 등 꼭 필요할 때만 사용하고 전원을 꺼두면 몇 달이고 쓸 수 있겠지만, #무인도일상 #무인도라이프 #나혼자산다 #무인도생존법 #무인도OOTD를 인스타그램에 올려야 해서 이틀이면 꺼질 것이다. 가족사진은 그리움을 달래주겠지만, 마음이 약해질 때마다 반드시 살아 돌아가야 한다는 사실도 환기시켜줄 것이다.

인터넷에 '무인도 가는 법'을 검색하면 인천 팔미도나 사승봉도, 실미도 관광 상품이 안내된다. 무인도도 관광지화된 것이다. 관광 상품을 이용하거나 아니면 망망대해에서 표류해 기적적으로 섬에 닿는 것이 내가 무인도에 갈 수 있는 두 가지 가능성이다. 둘 다 싫다. 무인도 관광 상품은 동물원에 갇힌 아프리카코끼리를 보는 듯한 슬픔을 일으킬 것 같고, 무인도 표류는 목숨을 걸어야 하는 일이다. 오래 살고 싶다. 나는 무인도에 결코 가지 않을 것이다. 어차피 갈 수 없다. 왜냐하면 무인도란 이 세상에 존재하지 않기 때문이다. 사람이 들어오는 순간 유인도가 되는 무인도는 영원히 닿을 수 없는 비실재의 세계다.

나에게 있어 사랑이란 무인도를 무인도로 남겨두는 일이었다. 중학교 때부터 내 사랑은 혼자 하는 놀이, 혼자 앓는 열병이었다. 짝사랑의 대상에게 차마 마음을 말하지 못했다. 말하는 순간 사랑이라는 환상이 깨질까 봐, 혼자 설레고 혼자 황홀한 세상이 물거품처럼

이병철

사라질까 봐 그저 상상의 영역으로, 어딘가에 있다는 아름다운 섬으로 남겨두는 쪽을 택했다.

때로는 용기를 내 보기도 했다. 하지만 마음을 고백하면 그녀들은 멀리 떠나고, 나는 슬픔이라는 망망대해를 표류하는 난파선, 아니 내 자신이 아무도 찾지 않는 무인도가 되었다. 사랑을 고백하지 않으면 그녀가 결코 닿을 수 없는 무인도로 영영 남고, 사랑을 고백하면 내가 무인도가 되어버리는 이상한 바다에서 청춘을 보냈다. 어느 시절에는 뜨겁게 연애하기도 했지만, 사랑이란 늘 이상과 현실의 간극에서 우리를 추락시킨다. 멀리서는 평화롭고 아름답게만 보이던 섬에 막상 들어가 보면 뱀, 전갈, 독거미, 불개미가 득시글하고 뜨거운 뙤약볕에 온몸이 타들어가는 것처럼, 나에게 사랑이라는 섬은 잔혹했다.

이런 노래를 인용하면 '연식'이 들통나지만, "나를 네게 주려고 날 혼자 둔 거야"(김정민, 〈슬픈 언약식〉)라는 노랫말을 살짝 바꿔본다. "나를 아무에게도 안 주려고 날 혼자 둔 거야"라고. 여러 번 사랑에 실패해 사랑을 믿지 않게 된 나는 내 자신 스스로를 무인도로 남겨둔 채 나만의 '윌슨'과 즐겁게 지내는 중이다. 테라스를 가꾸고, 요리를 해 혼술을 즐기고, 클라라 주미 강의 바이올린 연주를 듣고, 미니벨로 자전거로 안양천을 달리고, 농구공을 던지고, 야구공을 던지고, 안양9동까지 무작정 걷고, 산에도 오른다. 혼자 노는 생활이 좋다. 혼자가 편하다. 코로나가 끝나면 혼자 여행을 갈 것이다. 볼리비아 우유니 소금사막으로, 마다가스카르 섬으로, 북해도 하코다테로, 크로아티아 두브로브니크로, 아이슬란드 레이카빅으로. "그 섬에 가고 싶다"라는 시구를 사랑의 은유로는 쓰지 않을 것이다. 어자원이 풍부해서 낚시 잘되는 그런 섬에나 부지런히 다닐 생각이다.

지금 나에겐 가슴 아픈 섬이 하나 있다. 사랑하는 나의 할머니. 네 해 전 고관절 골절 수술을 받은 후 아직까지 요양병원 침상에 누워 계신다. 나빴던 시력은 벌써 수년 전 완전히 상실됐고, 보청기에 의지해야만 소리를 약간이나마 들으실 수 있다. 재작년 흡인성 폐렴을 앓은 이후엔 코에 끼운 호스를 통해서만 죽 같은 음식물을 몸에 들일 수 있으니 미각마저 완전히 빼앗겼고, 코로나로 면회가 금지되면서 손을 잡고 이마를 쓸어줄 가족과의 접촉도 차단됐다.

나는 할머니가 항아리 사러 가자고 해서 할머니 손잡고 낙성대 재래시장에 가던 유년의 봄날을 기억한다. 까치고개 언덕길엔 개나리가 흐드러지게 피어 있었다. 내가 학교 앞에서 병아리를 사 오면 할머니는 닭으로 다 키워냈는데, 할머니와 함께 망치질하고 톱질하고 철망을 쳐서 닭장을 만들던 일은 정말 즐거웠다. 기르던 개가 낳은 새끼 몇 마리를 팔겠다며 할머니는 강아지들을 고무 다라이에 담아 동네 시장에 나가고, 나와 동생은 할머니 배고플까 봐 사발면을 갖다 드리곤 노을이 질 때까지 그 곁에 쪼그려 앉았던 날도 있었다. 실뜨기, 공기놀이, 쌀보리, 쎄쎄쎄… 할머니는 내 가장 좋은 친구, 내 유년은 할머니로 인해 완전하고 또 행복했다.

내가 고등학생이던 어느 해 봄날, 할머니는 몇 달째 입원해 계신 할아버지한테 다녀오겠다며 구겨진 종이 하나를 내게 내밀었다.

이병철

삐뚤빼뚤 '서울보훈병원'이라고 씌어 있었다. 밖에 나가 사람들에게 이 종이만 보여주면 할아버지한테 갈 수 있을 거라고, 갈 거라고…. 눈도 잘 안 보이고 귀도 어두우면서 그 먼 곳까지 어떻게 가시려고, 나는 버럭 역정을 냈다. 자꾸 터무니없는 얘길 하시니 귀찮고 답답하고 속상해서 그랬다.

할머니는 내 눈치를 보며 슬그머니 집을 나섰다. 예촌노인정에나 가시겠지, 했다. 그런데 날이 늦도록 집에 오시지 않는 것이었다. 걱정이 됐다. 저녁 밥때가 한참 지나서야 할머니는 집에 오셨다. "어디 갔다 오셨어, 얼마나 걱정했는데."

정말 그 종이 한 장만 들고 할아버지한테 가려 했던 것이었다. 길 가는 사람에게 종이를 보여주고, 버스 기사에게 종이를 보여주고, 거리의 상인에게 종이를 보여주고, 교복 입은 학생에게 종이를 보여주고, 읽지도 못하는 그 종이를 온 세상 사람에게 다 보여주며 보훈병원 가는 길을 물었지만 결국 할아버지한테 가진 못하고, "순경이 남현동 예술인마을까지 태워다 줘" 집으로 용케 오신 것이었다. 그때 할머니를 외로운 섬으로 남겨뒀던 게 평생토록 후회된다.

스물다섯 살, 경북 영천 3사관학교에서 17주 동안 장교 임관 훈련 받을 때, 첫 외박을 받았다. 외박은 꿈만 같았다. 집에 오니 엄마가 상다리 부러지게 밥상을 차려놓았는데, 엄마의 정성 어린 밥상보다 밖에 나가 친구들과 치킨에 맥주 마시는 게 더 급했을 만큼 철이 없었다. 철없는 놈에게 교육대에서 '가족사진 찍기' 과제를 내준 것은 지금 생각해도 감사한 일이다.

무인도 되기, 안기, 없애기

2박 3일은 눈 깜박하는 사이 지나가고 교육대로 복귀하는 날, 여름 늦은 오후 할머니가 집 앞 골목까지 나와서 내 손을 잡고 평평 우셨다. 나는 괜히 민망해서 얼른 들어가시라고 손을 뿌리치고는 서둘러 뒤돌아갔다. 골목 모퉁이를 돌며 잠깐 돌아보니 할머니가 그 자리에 선 채 손을 흔들며 "잘 가거라, 잘 가거라" 울먹이고 계셨다.

　　그날 복귀하자마자 완전군장을 하고 야간행군을 했는데, 나는 할머니 손을 뿌리치고 온 게 내내 마음 아파서, 가서 안아드리지 못한 게 후회돼서 군장을 베고 누운 휴식 시간, 밤하늘 별을 보며 철모 아래로 눈물만 계속 흘렸다. 그걸 본 내 동기 최해식이 "할머니도 네 맘 다 아실 거"라며 내 어깨를 쓰다듬고 간식으로 하나씩 제공된 초코바를 내밀었다. 이거 먹고 힘내라고. 염치없게 그걸 한입 베어 물며 얼마나 큰 위로를 얻었는지 모른다.

　　나는 그렇게 또 한 번 할머니를 외로운 섬으로 남겨뒀다. 그리고 지금도 그러하다. 빛도, 소리도, 맛도, 타인의 체온도 감각할 수 없는 어둠 속에 할머니는 혼자 무인도로 있다. 잠에서 깬 새벽, 머리맡에 둔 스마트폰을 찾으려 이리저리 더듬다가 암흑 속에서 외롭게 떨고 있을 할머니 생각에 울음을 터뜨린 적이 있다. 할머니가 하루만 다시 볼 수 있다면, 하루만 다시 걸을 수 있다면, 그 여름의 골목에 서서 울고 계시는 할머니를 업고 장충체육관에 가 마당놀이도 보여드리고 족발도 사드리고 싶지만, 그게 불가능하다는 걸 잘 알고 있다. 코로나 이전처럼 일주일에 한두 번 병원에 가 보청기를 끼우고 〈도라지타령〉 틀어둔 채 손잡아 드릴 수만 있어도 좋겠다. 그때 오

이병철

래 무인도가 되어버린 할머니를 끌어안고 사랑한다고 말할 것이다. 그렇게 무인도를 없앨 것이다. 내 모든 사랑의 항해는 할머니라는 섬으로 향해야만 한다.

이병철

시와 문학평론을 쓰며 여러 매체에 칼럼, 에세이, 여행기 등을 연재한다. 연중 6개월은 바다와 강에서 물고기를 낚는 역동적인 낚시꾼이다. 비와 파스타와 클라라 주미 강의 바이올린을 좋아하고, 섬과 옥상과 일인용 텐트에서 자주 잠든다. 숫자로 계량되는 삶이 싫어 글자 속을 헤매는 중이다. 모든 꿈과 우연을 사랑한다. 시집 『오늘의 냄새』, 평론집 『원룸 속의 시인들』, 산문집 『낚 ; 詩 — 물속에서 건진 말들』, 『우리들은 없어지지 않았어』, 『사랑의 무늬들』이 있다.

무인도 되기, 안기, 없애기

고혹과 곤혹 사이

김영석 ＊ 시나리오작가

"누구든 그 사람의 주변에는 열 명의 사람들이 있어. 그중에 세 명은 늘 옆에서 관심과 사랑으로 응원해주는 사람들이고, 다른 세 명은 시기와 질투로 깎아내리기 좋아하는 사람들 그리고 나머지 네 명은 아무 관심도 없고 아무런 관계도 아닌 사람들이지. 그런데 사람들은 살면서 시기와 질투로 자신을 깎아내리는 세 명을 위해 허비하는 시간이 가장 많아. 자신에게 적이 있다는 현실을 용납하지 못해서 일까? 그 세 명을 자기 사람으로 만들기 위해 비위를 맞추고 변명하고 포장하는 거지. 하지만 안타까운 건 그러다 보면 자연스레 자신의 편이었던 사람들에게 무심해지는 거야. 마치 언제나 옆에 있어 줄 거라고 착각하면서….."

목이 타는지 사장님은 반쯤 남은 소맥 잔을 모두 비우고는 다시 말을 잇기 시작했다.

"지금 와서 생각해보면 왜 굳이 그 세 명을 위해 아까운 시간을 허비했나 싶어. 차라리 내 편인 세 명과 더 진솔한 마음을 나누고, 나머지 네 명에게 관심을 주고 관계를 맺었다면 많게는 일곱 명의 내 편이 생기는 일이었는데 말이야."

내가 격하게 고개를 끄덕이며 반응하자, 사장님은 어깨를 으쓱하며 초장 듬뿍 찍은 막회를 입에 넣고 한참을 씹으셨다.

사장님? 사실 그분과의 관계는 조금 특이하다.

대학 졸업 후 처음으로 취직했던 곳이 을지로3가에 있는 작은 출판사였는데 그 출판사의 사장님은 아니고, 그 출판사가 있던 건물의 건물주였다. 대놓고 "건물주님"이라고 부를 수 없어 회사 선배들이 부르는 대로 통칭 "사장님"으로 불렀었다.

내부 문제로 출판사는 1년 반 만에 그만두게 되었지만 을지로3가에 볼일이 있을 때마다—하필 출판사 건물 바로 앞에 버스 정류소가 있었다—정작 출판사 사장님은 피해 다녀도 건물주 사장님께는 꼭 인사를 드리곤 했었다.

그날도 그 근방에서 미팅을 마치고 집으로 돌아가는 길에 인사차 들렀더니 대뜸 소주나 한잔하자면서 초장이 맛있는 막횟집에 데려갔다.

그날 그 이야기가 어떻게 시작되었는지는 정확하게 기억나지 않는다. 다만 맛있는 초장만큼이나 인상적인 이야기였음에는 틀림이 없다.

그날 집에 돌아오자마자 침대맡에서 했던 일이 내 주변의 사람

김영석

들을 '열 사람'으로 추리는 일이었기 때문이다. 물론 나를 관심과 사랑으로 응원해주는 사람인지, 시기와 질투로 깎아내리는 사람인지 분간할 수는 없다. 앞에서는 좋아한다고 말하면서 뒤에서는 내 이름이 적힌 주술 인형에 바늘을 꽂고 있을지도 모르고, 싫어하나 싫을 정도로 무뚝뚝하지만 표현이 서툴러 아무리 노력해도 속마음이 드러나지 않을 수도 있기 때문이다.

그래서 택한 방법이 핸드폰을 열고, 저장된 연락처 목록을 하나하나 내리면서 최근 1년간 단 한 차례도 연락한 적이 없는 사람들을 지우는 일이었다. 그중에 일가친척들이나 내가 아쉬워 연락할지도 모르는 사람들은 예외를 두고.

총 423명이었던 전체 숫자가 312명으로 줄었다. 4분의 1이 내 인생에서 삭제되었다.

그날이 그 사장님의 생일이었다는 사실을 나중에야 알게 되었다.

환갑이 훌쩍 넘으셨고 그만큼 주위에 축하해줄 사람들도 많았을 텐데 어째서 함께 일한 적도 없고, 편하게 술잔을 부딪칠 만큼 자주 본 사이도 아니며, 나이도 아들뻘밖에 되지 않는 쪼렙이와 본인의 생일을 함께했는지 아직까지 알지 못한다.

그리고 그날 이후 그 사장님을 한 번도 뵙지 못했다. 강남에 사무실이 있는 영화사로 출근하게 되면서 활동 영역이 바뀐 이유도 있지만, 굳이 연락을 드릴 만큼 애틋한 사이도 아니었기에 자연스럽게 관계가 끊어졌다.

고혹과 곤혹 사이

어렴풋이 추측하건대 그날 그 이야기에 단서가 있지 않았나 싶다. 시기하고 질투하는 세 명에게 데고, 그래서 자신을 응원해주던 세 명에게 버림받은 상황에 아무런 관계도 없는 네 사람 중 하나였던 내가 우연히 그 시간에 그곳에 있었기 때문이 아닐는지.

어쩌면 나 혼자만 그날 그 이야기에 큰 의미를 두며 지냈는지 모른다. 마치 큰 깨달음이라도 된 양 가슴에 깊이 새기면서.

어쨌든 그날 이후, 해마다 저장된 연락처 목록을 읽어 내려가는 것이 연례행사가 되어버렸다. 지금은 연락처 목록이 아닌 카카오톡 친구 목록이긴 하지만, 숨김과 차단 기능을 적절히 사용해 친구관리를 실행 중이다.

*

그녀를 처음 만난 곳은 합정역 근처 '이치류'라는 양갈빗집이었다.

항상 대기 줄이 길어 운이 나쁘면 한 시간은 기본으로 기다려야 하는 곳이기에 일부러 오픈 시간인 다섯 시에 약속을 잡고, 십여 분 일찍 도착해 대기자 명단에 이름을 적고 대기석에 앉아 그녀를 기다렸다.

마치 근처에 있다가 시간에 맞춰 등장한 것처럼 그녀는 정확히 다섯 시에 도착했고, 세 번째로 호명이 되어 가게 안으로 들어갔다.

보관함에 외투를 벗어 걸고, 종업원이 안내해주는 자리에 앉아 몇 번 와본 적이 있는 티를 굳이 내며 주문을 마쳤다. 물론 함께 곁들일 소주도 잊지 않고.

"술 잘 드세요?"

"좋아해요."

"어떤 술 좋아하세요?"

"소주요."

"소주는 어떤 소주…?"

"참이슬 후레쉬!"

실제로 그녀와 소개팅 자리에서 나눈 첫 대화였다.

그리고 그 대화 이후, 그녀와 사귀어야겠다고 다짐했다. 물론 그녀의 입장은 들어보지도 않은 채.

그렇게 다짐한 이유는 순전히 '참이슬 후레쉬' 때문이었다.

물론 정확한 약속 관념과 마카롱을 싫어하고, 싫어하는 종교도 같으며, 소개팅 날 커플 안마를 받을 만큼 비슷한 취향을 가졌다는 이유도 있었지만, 무엇보다 반짝거리는 눈으로 "참이슬 후레쉬!"라고 내뱉던 소신이 가장 큰 이유였다.

스스로 알코올중독이라고 말할 정도로 술을 애정하는 입장에서 나름 축적한 데이터들이 있는데 그중 하나가 좋아하는 술에 따라 성격이나 성향이 다르다는 것이다.

청하나 복분자주 같은 주종들은 배제하고 소주에 국한해 '처음처럼'파와 '참이슬 후레쉬'파로 나뉘는데, 처음처럼을 마시는 사람들은 무조건 "처음처럼!"만을 고집하는 반면 참이슬 후레쉬를 마시는 사람들은 "아무거나!"나 "상관없어!"로 함께 마시는 사람들의 취향을 아우르려는 성향이 있다. 지극히 개인적인 단정이지만 고집과 배려의 차이랄까.

어쨌든 그날 그녀가 "처음처럼!"이라고 대답했다면 '꽤 고집 있는 여자겠구나'라고 단정 짓고 그녀의 회사 동료들과의 불화에 대해 귀 기울여 듣지 않았을지도 모른다.

요약하자면 과장인 그녀 위로 두 명의 실장이 있는데, 동갑인 그들은 허구한 날 싸워 사무실 분위기를 흐리는가 하면, 자신들의 싸움에 끌어들여 감정적으로나 이성적으로 지치게 만들어놓고는 정작 본인들은 언제 그랬냐는 듯 하하 호호거리며 속을 뒤집어놓는다는 것이다. 이외에도 맺힌 것들이 많았는지 두 실장에 대한 원망이 한참 지속되었다.

얼마나 괴로웠으면 소개팅 자리에서 퇴사를 고민한다는 속내까지 털어놓을까 싶어 그녀에게 무슨 말이라도 해주고 싶었다.

"누구든 그 사람의 주변에는 열 명의 사람들이 있대요. 그중에 세 명은 늘 옆에서 관심과 사랑으로 응원해주는 사람들이고, 다른 세 명은 시기와 질투로 깎아내리기 좋아하는 사람들 그리고 나머지 네 명은…."

그녀의 반응을 살피는 척 물 한 모금을 마시고는 말을 이었다.

"괴롭히고 힘들게 하는 사람들은 과감히 버려버리세요. 그리고 좋아하고 응원하는 세 명에게 충실하시구요. 그러면 모르는 네 명까지 본인의 사람으로 만들 수 있는 여유가 생길 거예요."

그녀가 고개를 격하게 끄덕였는지는 보지 못했지만, 스스로 어깨를 으쓱하며 건배를 제의했고, 냉큼 잔을 비우고는 폰즈 듬뿍 찍은 양갈빗살을 입에 넣고 꼭꼭 씹었다.

그때 그 다짐대로 그녀와 사귀었고, 지금은 결혼을 해 아내가 되었다.

그녀를 괴롭혔던 두 실장은 회사 분위기를 망친다는 이유로 곧 권고사직을 제안받거나 스스로 회사를 그만두었고 잘 버티고 이겨낸 덕에 그녀는 차장으로 승진해 회사에서 가장 오래된 경력자가 되었다.

내 신념과도 같았던 그 위로의 말이 그녀에게 어떤 자극이 되었는지는 모르겠지만, 적어도 사람들과의 관계에 대한 인식은 정립되지 않았을까 싶다. 마치 초장이 맛있는 막횟집에서의 나처럼.

몇 가지 밝혀야 할 것들이 있는데, 그날 양갈비와 곁들여 마셨던 소주는 '한라산'이었다.

그리고 우리 부부는 더 이상 참이슬 후레쉬를 마시지 않는다. '진로이즈백'이 출시되자마자 갈아탔는데 재미있는 사실은 그 당시 "처음처럼!"을 고집하던 친구들도 대부분 "진로이즈백!"을 마신다는 것이다.

*

양수리에 위치한 남양주 촬영소 안에 ― 지금은 헐렸을지도 모

27

르는 ― '춘사관'이라는 숙소가 있었다. 대부분 세트장 촬영이 있는 영화 스태프들의 숙소로 사용되는 공간이었는데, 가끔 작가와 감독들이 시나리오를 집필할 목적으로 대여해 사용하는 곳이기도 했다.

짧게는 일주일에서 길게는 한 달 정도 기간을 설정해두지만, 그때는 시나리오의 방향이 도통 잡히지 않아 석 달 넘게 체류하게 되었다. 사방이 산과 풀숲으로 가려져 있어 완전한 은둔은 아니어도 맘만 먹으면 자발적 고립이 가능한 곳이었다.

입소일이 그해 9월 중순이었으니 12월 31일은 3개월이 지나 4개월째로 접어들 때였다.

새해가 되기 네 시간 전쯤, 나름 새해 전야라고 저녁은 치킨이나 시켜 먹어야겠다는 생각에 주문 전화를 걸었다. 하지만 거리상 세 마리 이상은 시켜야 된다는 양수리 읍내 모든 치킨집들의 불가 멘트에 마음은 있는 대로 상했고 전야 분위기는 고사하고 저녁은 무엇으로 때워야 하나 고민에 빠져 있었다.

그런데 마침 숙소의 벨이 울렸다.

"누구…세요?"

"아, 저 옆에 206호에서 작업하는 사람들인데요…."

문을 열자, 오십 줄의 아저씨 두 분이 서 있었다.

"밥 먹고 올라오면서 보니까 건물에 불이 모두 꺼져 있는데, 이 방에만 불이 켜 있더라구요, 도대체 누군지 궁금해서…."

4층 건물에 우리 방 한군데에만 불이 켜 있는 게 마치 검은 바다 위에 떠 있는 등대 같았다고 너스레를 떨며 편의점에서 사 온 맥주

김영석

한 캔을 내밀었다. 시간이 괜찮으면 한잔하자고.

그날 치킨 없이 마신 맥주 한 캔은 정말이지 꿀맛이었다. 거품 때문에 배가 부른 건지 생각지 않은 호의에 배가 부른 건지는 알 수 없지만, 그날 밤 기분 좋게 잠들었던 기억이 있다.

사실은 그날, 그분들이 숙소 문을 두드리기 전까지 고민하던 게 한 가지 있었다.

'이제 그만둘까?'

우스갯말로 공장에서 인형 눈깔만 붙였어도 과장이든 부장이든 달았을 나이에 나아질 기미가 보이지 않는 궁핍과 잡히지 않는 무지개 길에 안달하는 스스로가 한심스러웠기 때문이다.

그렇다고 딱히 다른 일을 하겠다는 계획조차 없었기에 더더욱 상심에 빠져 있던 무렵이었다. 그런데 그날 어떤 이유에서인지는 모르겠지만 그분들에게 그때의 심경을 모두 털어났다. 그러자 두 분 중에 조금 더 연배가 높아 보이던 분이 일말의 망설임도 없이 대답했다.

"내가 내일모레 환갑이거든. 근데 지금 감독 하겠다고 시나리오 쓰러 들어온 거야. 마흔이 뭐? 아직 젊은데!"

어쩌면 그 말이 듣고 싶었는지도 모른다.

솔직히 주변의 지인들과 친구들에게는 제대로 된 속마음을 내비친 적이 없었다. 그랬다면 그들도 당연히 내 선택에 무조건적인 응원을 보내줬겠지만, 내가 바라던 현실적인 대답을 그날 그분이 명확하게 집어줬던 것이었다. 만약 그날이 크리스마스였다면 그분들이 산타가 아니었을까 하는 생각이 들 정도였으니까.

고혹과 곤혹 사이

수 해가 지나 그분들이 쓰고 연출한 작품이 극장에 걸렸다. 시사회 후에 있었던 술자리에서 일부러 찾아가 인사를 건넸다. 축하드린다는 말과 함께 '춘사관'에서의 인연을 말씀드렸지만, 정확히 기억하는 눈치는 아니었다. 하지만 그것만으로도 좋았다.

그분들 덕분에 의미 있는 마흔 번째 새해를 맞이했고, 긍정의 40대로 살아가고 있으니까 말이다.

*

사는 데 있어 누구를 만나는지가 가장 중요하다고 느끼는 순간, 사는 일이 '고혹'이거나 '곤혹'이라는 것을 알게 되었다.

믿고 싶지 않지만 내가 받은 상처의 대부분은 주변의 선량했던 사람들에 의한 것들이었다.

하지만 그 상처에 가슴 아파하거나 울 수 없었던 이유는 모든 관계가 스스로에게 이롭고, 철저하게 이기적인 입장에서 설정한 것이었기 때문이다. 어차피 선택은 나의 몫이었으니까.

만약 주변에 자기만 아는 이기적인 사람이 있다 하더라도 욕할 것도 없는 것이 어차피 인생은 혼자라는 진리를 깨닫고 실천하는 사람일 수도 있기 때문이다. 자신만의 무인도에서 오롯이.

수년 전, 전복 사고로 친한 후배를 보내고 그 다음다음 날, 초등학교 동창의 과로사 소식에 많이 힘들어했었다. 그리고 그 다음다음 날 아침, 혹여나 누군가의 사망 소식을 또 한 번 듣게 될까 싶어 눈

김영석

을 감은 채 한참을 이불 속에서 버텼었다. 그날이 친한 선배 아들의 돌잔치만 아니었어도 강제한 밤을 핑계로 처잤을지 모른다.

그 일주일 사이에 두 번의 장례식과 두 번의 돌잔치가 있었다. 하루걸러 한 번씩 삶과 죽음의 경계에서 울다가 웃다가를 반복하다 보니 문득 생각이 들었다.

별것 없는 인생, 좋은 사람들과 소주 한잔하면서 오늘 하루 무탈하게 잘 살았다고 안복할 수 있으면 그것만으로도 충분한 삶이라고.

"어쩌면 지금 우리들은, 절경 속을 지나는 줄도 모르고 같이 걷는 동료들과의 대화에 정신이 팔려 있는 여행자들로, 우리가 지금 얼마나 아름다운 경치 속에 둘러싸여 있는지 깨닫지 못하는 건지도 모른다. 하지만, 여행이라는 건 목적지보다 함께 걷는 길동무가 더 중요한 게 아닐까?"

요시다 슈이치 작가의 『워터』란 소설에 나오는 문장이다.

'고혹'이든 '곤혹'이든 스스로 붙여야만 하는 '혹'일지라도 함께 부대끼며 사는 게 유의미한 일이 아닐는지.

오늘 당장 핸드폰을 열고, 카카오톡 친구 목록을 하나씩 내리면서 그리운 사람들에게 문자나 넣어야겠다. 소주나 한잔하자고!

김영석
사는 게 꼭 순대 간 같다. 맛있긴 한데… 뭔가 퍽퍽한.
오늘도 그런 글을 쓰고 있는 중이다.

엄마에게는 나만의 무인도가 필요하다

김하나 ✳ 극작가

1.

천하태평이다. 일곱 살 난 우리 집 작은 남자 이야기다.

잠옷을 벗고 외출복으로 갈아입으라고 네댓 번은 말한 것 같다. 눈앞에 갈아입을 옷을 대령해도 소용이 없다. 뭐하길래 여전히 잠옷 차림인지 궁금해서 보니 혼자 낄낄대며 자기 다리에 매직으로 장난을 치고 있다. 요즘 푹 빠져 있는 어몽어스 캐릭터를 발등에다 문신처럼 새기고 있는 중이다. 속이 터진다. 어린이집에 늦으면 여러 사람에게 민폐를 끼칠 수 있으니까 서두르자고 하는데도 안 통한다. 민폐가 무슨 뜻인지 설명하다가 열에 받쳐 흥분한 건 이번에도 내 쪽이다. 지각은 그저 엄마의 과제이자 고민일 뿐이다.

"터전(공동육아 어린이집을 부르는 명칭) 생활 네가 하는 거지, 내가 하는 거냐?"

"매일 이렇게 지각해서 내년에 초등학교나 갈 수 있겠냐?"

로 시작된 잔소리는 결국,

"네 인생의 주인공은 너지, 엄마가 아니다. 엄마가 네 인생을 대신 살아줄 수 없어"로 끝이 나고 만다. 자조력 낮은 애랑 자식 일에 참견 못 해 안달 난 엄마가 함께 살다 보면 아침마다 이런 풍경이 펼쳐진다. 특별한 날의 이야기가 아니다. 매일 반복되는 일상이다.

아이는 결국 욕을 한 바가지 얻어먹고서야 현관문을 나선다. 구부정한 어린이의 뒷모습에 괜스레 안쓰럽다. 아이 소원이 화내지 않는 엄마랑 살아보는 거라고 했는데. 미안한 마음을 전달하려 내일부터는 지각하지 말고 잘해보자고 아이를 한번 안아주려는 순간, 아이는 인사도 안 하고 터전 안으로 달려간다. 제일 좋아하는 친구가 오랜만에 등원한 것이다. 혼을 낸 것이 무색해지는 순간이다. 엄마의 쓴소리는 또 허공에다 대고 하는 혼잣말로 끝이 나고 말았다.

아이를 어린이집에 데려다주고 돌아와 집 안을 스캔한다. 테이블에 놓인 미숫가루 컵과 과일 접시를 싱크대에 집어넣고, 어질러진 레고 조각을 상자에 담는다. 익숙한 듯 빨래 바구니를 집어 들고 세탁실로 가며 뚜껑을 열어본다. 쉰내가 진동을 한다. 이건 분명 같이 사는 큰 남자의 소행이다. 땀에 젖은 티셔츠가 다른 옷과 섞이면 곰팡이가 생길 수도 있으니 다용도실에 바로 갖다 놓으라고 수십 번은 말한 것 같은데. 내 말을 안 들은 거다. 옛 어른들 말 틀린 거 하나 없다. 그 아버지에 그 아들. 한 귀로 듣는 척하고 한 귀로 흘리는 것은

김하나

이 집안 남자들의 유전인가 보다.

아침부터 물 한잔도 못 마시고 종종거리는 나를 보고 있자니 오늘따라 서러운 기분이 든다. 들고 있던 무선 청소기의 파워 버튼을 꺼버린 채로 바닥에 누웠다. 괜찮다가도 무너지듯 주저앉고 싶어지는 날이 있다. 끝이 없는 중노동의 반복으로 몸과 마음이 지쳐가는 날. 체력이 바닥을 치는 날에 특히 더 그렇다. 아직 내 진짜 본업인 집필 노동은 시작도 못 하고 있는데, 가사노동으로 에너지를 다 소진해버린 기분이다. 나는 어쩌자고 결혼과 출산이라는 제도권 안으로 기어들어와 이 고생을 하고 있는 것인가. 그것도 자발적으로 말이다.

삶에도 멈춤 버튼이 있다면 오늘 같은 날은 잠깐 누르고 싶다.

나에게도 필요해, 포즈.

집안일은 해본 사람만이 안다. 대가 없는 노동이 사람을 얼마나 지치게 하는지.

"집에서 잘 쉬고 있어."

남편은 주로 집에서 일하는 아내를 배려한답시고 이런 식의 인사를 건넨 다음 집을 나선다. 무심히 건네는 이런 말들은 참 서글프다. 내 가사노동의 가치를 인정받지 못하는 것 같아서.

하늘을 보니 까만 구름이 가득하다. 아마도 오늘 내가 날궂이하려나 보다. 밥풀 붙은 그릇도, 냄새나는 빨래도 없는 곳으로 달아나고 싶은 날이다. 거기에다 나를 화나게 하는 사람들이 없는 곳이라면 더 좋겠다. 잠깐 가서 눈 붙이고 오고 싶은 심정이다. 그런 곳이 현실에 존재하기나 할까. 아마도 있다면 그곳은 무인의 섬 어디쯤. 판에 박힌 말이라도 할 수 없다. 엄마에게는 나만의 무인도가 필요하다.

2.

출산은 고립이란 단어의 대체어다.

아이를 낳자마자 자발적으로 산후조리원에 들어갔다. 누가 시킨 것도 아닌데 대한민국 법이 그런 것처럼 그랬다. 조리원 동기를 사귀어 졸업한다는 건 남의 동네 이야기였다. 나는 사람들과 어울리기를 포기했고, 철저하게 분리된 작은 방 안에서 대부분의 시간을 보냈다. 미역국도 혼자 먹고, 텔레비전 드라마도 혼자 보고, 출산 후에 느낀 막막한 우울함과 공포에 대한 감정을 삭일 때도 당연히 혼자였다. 나는 섬 안에 갇힌 사람이었다. 그곳은 세상으로부터 철저하게 고립된 외딴섬이었다. 손안에 작은 휴대전화를 구명보트인 양 꼭 움켜쥔 채 구조될 수 없을 것 같은 그곳에서 긴 시간을 견뎠다. 병원을 나온 첫날, 그것은 시작에 불과했음을 온몸으로 깨달았다. 그리고 본격적인 나의 무인도 생활이 시작됐다. 이번엔 나를 전적으로 버팀목 삼아 의지하는 작은 생명체와 함께였다. 그 고독한 섬 안에서 들리는 소리라곤 아이의 옹알이와 간간이 들리는 라디오 디제이의 음성뿐이었다. 육아란 분명 어디서 많이 들어본 익숙한 이야긴데도 현실은 상상 이상으로 힘들었다. 늘 잠이 부족하고, 온몸이 아프고, 밥 한 끼 제대로 먹을 시간조차 없었다. 좋아하는 텔레비전도 못 보고, 사람들도 마음

36
김하나

대로 못 만났다. 세수하고 화장실에 가는 것조차 내 마음대로 할 수가 없었다. 점점 나를 잃어가는 기분이 들었다.

오랜만에 만난 동료들 사이에서 나는 보이지 않는 섬 안에 갇힌 사람처럼 답답했다. 그들은 육지의 언어로 이야기했고 오랜 섬 생활에 익숙해진 나는 그들 사이에 섞이기 어려웠다. 함께 일하던 사람들조차 나를 남편의 아내 또는 아이의 엄마라는 이름으로 불렀다. 나에게는 분명 이름이 있는데도 말이다. 외롭고 쓸쓸했다. 그리고 시간이 흐를수록 외롭고 쓸쓸하다는 나의 호소는 예민한 여자의 히스테리로 둔갑했다. 아이는 눈에 보일 정도로 무럭무럭 자랐고, 함께 사는 남자 또한 꾸준히 성장했다. 나만 빼고 모두 행복해 보였다. 그리고 그들이 행복해질수록 내가 점점 사라져가는 기분이 들었다. 가족들이 내게 주는 행복은 내 것이 아닌 듯 어딘가 허전했다. 그들은 스스로 터득한 방법으로 가끔씩 섬 밖으로 나갔다 들어오는 일을 반복했다. 섬 안에 갇혀 꼼짝도 할 수 없는 건 이제 나뿐이었다. 아내와 엄마라는 생활에 익숙해진 나는 여전히 누군가가 던져줄지도 모를 밧줄을 기다리며 그 섬 근처에서 허우적대고 있을 뿐이었다.

그럴 때 나를 살려준 것은 놀랍게도 단어와 문장이었다. 처음 시작은 육아서였다. 아이를 키우다 미쳐버릴 것 같은 순간, 병원 대신 내 정신을 붙잡아준 건 다름 아닌 책이었다. 아이가 읽다 남긴 그림책을 보며 웃었고, 소설책을 읽으며 울었다. 그리고 펼쳐보지 못한 꿈을 꾸고 싶을 땐 남들이 쓴 희곡을 읽으며 미래를 계획했다. 당장에 읽지도 못할 책을 닥치는 대로 사들였다. 서가를 가득 채운 책들이

언젠가는 내 지식의 자양분이 될 거라는 상상만으로도 행복했다. 쓰지 못해 죄책감이 든 날에는 잠자는 시간을 줄여서라도 책을 읽었다. 그러고 나면 조금 살 것 같았다.

"띠리리리 띠리리리."

타이머 소리에 정신을 차려본다. 가스레인지 위에서 끓고 있는 행주를 건져내야 한다. 아이가 진흙에 문질러 엉망으로 만들어 온 양말이랑 바지도 빨아서 널어야 하는데. 그러고 식탁 앞으로 가서 앉아야지. 대본 작업을 위한 시놉시스 마감 기한이 며칠 안 남았다. 마음이 조급해진다. 손이 느린 나는 아직도 남아 있는 집안일 앞에서 한숨이 먼저 나온다. 얼마 전에는 작업과 살림을 병행하며 지친다고 짜증을 내는 내게 남편이 지나가는 말로 그런다.

"아이 조금만 더 크면 하나는 아무것도 하지 말고 글만 써."

아이 키우느라 애쓰고 있어줘서 고마워, 라는 말을 저런 식으로 하는 거겠지.

젖은 빨래조차 제대로 처리 못 하는 주제에 저런 말이나 안 했으면 좋겠다. 이 많은 집안일을 놔두고 어떻게 아무것도 안 하고 글만 쓰느냐고 남편에게 한마디했다. 내 팔자에 글은 무슨 글이냐면서. 남편은 가끔 세상에 당연한 것들이 있다는 식으로 말한다. 각 잡아 개켜진 속옷과 양말, 먼지 없는 바닥, 수납장에 잘 정돈되어 있는 수건이 당연한 건 줄 아는 사람. 세상에 당연한 건 아무것도 없다. 나도 주부가 되고 나서야 알았다. 나도 남편처럼 글 쓰고 공연만 하고 싶다고 구시렁대며 설거지를 마쳤다. 남편의 무거운 어깨를 배려해줄

김하나

여력이 내겐 남아 있지 않다. 지금 내가 갇혀 있는 이 섬에서 언젠가는 벗어날 수 있을까.

부부가 나누는 대화를 다 듣고 있던 아이가 내 옆으로 오더니 귀에 대고 말한다.

"엄마, 많이 힘들었겠다. 엄마도 상 받고 싶고, 연급(아이는 연극을 연급이라고 발음한다)하고 싶었을 텐데. 나 키우느라고 못 하잖아. 근데 엄마 글 쓰지 말고 자유로 살아. 엄마 글 쓰는 거 많이 힘들어하잖아."

많이 컸네. 웃음이 나온다. 글이 안 써진다고 아이 앞에서 꽤나 징징거렸나 보다.

그저 말이 안 통하는 작은 사람이라고만 생각했었는데. 사람을 위로할 줄도 안다. 문득 희망이 스쳐 지나가는 것 같다. 육아라는 이름의 무인도에서 곧 탈출할 수 있는 날이 멀지 않은 듯하다. 금방 다시 털고 일어나 내가 가진 장비를 재정비해야지.

겨우 무장을 마치고 조심스럽게 세상으로 한 발을 내딛을 준비를 한다.

김하나

현재는 엄마 사람으로 가장 성실하게 살고 있습니다. '극발전소301'이라는 집단에서 좋은 사람들과 함께 연극을 만들고, '성북공동육아사회적협동조합 행복한우리어린이집'에서 공동육아하며 지냅니다.

엄마에게는 나만의 무인도가 필요하다

무인도를 상상하기 전에 알아야 할 것들

김용운 ✳ 기자, 작가

1.

무인도(無人島)라는 주제를 놓고 몇 주간 간헐적이나마 꽤 진지하게 고민했다. 궁리를 거듭해도 떠올릴 이야기가 딱히 없었다. 문예단행본 원고 청탁인데 '문학적 글'을 써야 한다는 강박이 은근히 옥죄었다. 그러나 내 상상력의 범위 안에 무인도는 '바다로 고립된 사람 없는 땅' 정도가 전부였다. 쓰다 지우기만 계속 반복했다.

도시에서 나고 자랐기에 바다는 익숙하지 않은 곳이었다. 섬의 전제 조건인 바다 자체가 내 삶 속에서 차지한 지분이 거의 없다 보니 무인도 또한 막막하게 머릿속을 맴돌 뿐이었다. 기껏해야 어렸을 적 읽었던 영국 작가 대니얼 디포의 소설 『로빈슨 크루소의 모험』이나 이를 패러디한 프랑스 작가 미셸 투르니에의 소설 『방드르디, 태평양의 끝』속에 나온 무인도의 이미지 정도가 최대치였다.

그러다 문득, '무인도를 무작정 상상하지 않고 무인도와 관련한 정보들을 찾아보면 실마리가 풀리지 않을까?' 싶었다. 작심하고 책상에 앉아 인터넷을 통해 무인도를 찾아보기 시작했다. 그런 정보들을 검색하다가 정작 법에서 무인도를 어떻게 정의하는지 모르고 있음을 깨달았다.

2.

법제처가 운영하는 국가법령정보센터 홈페이지에서 '무인도'를 키워드로 찾아봤다. 2008년 2월 29일부터 시행된 '무인도서의 보전 및 관리에 관한 법률'(약칭 무인도서법)이 나왔다.

법의 목적을 명시하는 제1조에 따르면 무인도서법은 "무인도서와 그 주변해역의 보전 및 관리에 관하여 필요한 사항을 정함으로써 그 주변해역을 체계적으로 관리하여 공공복리의 증진에 이바지함을 목적"으로 제정됐다.

무인도를 무작정 정서적인 대상으로만 떠올렸던 나와 달리 법을 만들던 사람들은 무인도서의 실용성부터 따진 셈이다. 그 사람들에게 애초부터『로빈슨 크루소의 모험』속 무인도 같은 풍경은 없었을지 모른다.

무인도(정확히는 무인도서)의 구체적인 정의는 제2조에 나왔다.

1항에는 "바다로 둘러싸여 있고 만조 시에 해수면 위로 드러나

42

는 자연적으로 형성된 땅으로서 사람이 거주(정착하여 지속적으로 경제활동을 하는 것을 말한다. 이하 같다)하지 아니하는 곳을 말한다. 다만, 등대 관리 등 대통령령으로 정하는 사유로 인하여 제한적 지역에만 사람이 거주하는 도서는 무인도서로 본다"라고 적혀 있었다.

총 4개 조항의 무인도서의 정의는 이렇게 이어진다. 2항 "주변해역이란 무인도서의 만조수위선(滿潮水位線)으로부터 거리가 1킬로미터 이내의 바다 중 항만법 제2조 제4호에 따른 항만구역 등 대통령령으로 정하는 바다를 제외한 것을 말한다." 만조수위선이란 밀물 때 해면이 가장 높아진 상태에서 해면과 육지의 경계선을 의미한다.

3항은 이렇다. "간조노출지란 간조 시에는 해수면 아래로 잠기는 자연적으로 형성된 땅을 말한다." 4항은 이렇다. "영해기점무인도서란 영해 및 접속수역법 제2조 제1항 및 제2항에 따라 통상의 기선(基線) 또는 직선의 기선으로 인정되는 무인도서와 국제법에 따라 영해의 폭을 측정하는 기선으로 인정되는 간조노출지를 말한다."

무인도서법을 확인하면서 잔상이 남은 단어는 '거주'였다. 거주는 단순히 머무는 것을 의미하지 않는다. 정착해 지속적으로 경제활동을 해야 거주로 인정받는다. 이런 이유로 등대지기 홀로 있는 섬은 그곳에 사람이 있음에도 법적으로는 무인도서로 분류한다. 단순히 섬 내에 사람의 존재 여부가 무인도의 기준이 아니라는 점은 미처 생각하지 못했던 부분이었다.

제3조를 보면서 무인도가 막연히 정서적 상상력을 자극하는 섬이 아니라 행정력의 실체가 적용되는 구체적인 곳임을 알 수 있었다.

무인도를 상상하기 전에 알아야 할 것들

국가 등의 책무를 규정하며 "국가와 지방자치단체는 무인도서와 그 주변해역이 훼손되거나 무분별하게 이용 개발되지 아니하도록 하는 등 무인도서의 적정한 보전·관리에 필요한 시책을 수립·시행하여야 한다"라고 밝혔기 때문이다.

그리고 제4조를 읽으면서 머릿속의 퍼즐이 맞춰졌다. 인터넷에서 무인도 관련 정보를 찾던 중에 발견했던 '무인도서 홈페이지'는 바로 제4조를 근거해 만들어졌다는 것을 알 수 있어서다. 제4조 1항은 "해양수산부장관은 무인도서 및 그 주변해역의 효율적인 보존·관리를 위하여 무인도서 및 그 주변해역에 대한 종합정보체계를 구축·운영할 수 있다"라고 명시했다. 이를 근거로 국내 무인도서 관련 정보를 한곳에서 살필 수 있는 인터넷 사이트가 바로 해양수산부가 운영하는 '무인도서 홈페이지'였다.

3.

'무인도서 홈페이지'를 보면 보다 구체적인 무인도 현황이 눈에 들어온다. 먼저 우리나라의 무인도는 총 2,918개이다. 이는 우리나라에 있는 섬 3,382개 중 86.28%에 달하는 수치다. 무인도로 둘러싸여 있는 곳이 바로 한반도였다.

무인도서의 숫자를 확인하며 놀랐던 점은 동해안에도 섬이 제법 있다는 사실이었다. 흔히 동해안에는 울릉도와 독도밖에 없다고 쉽게 생각하겠지만 강원도에 29개의 무인도가 있고 경북에는 19개,

김용운

울산에는 4개의 무인도가 있다. 즉 동해안을 따라서 50여 개의 무인도가 있는 셈이다.

전남과 경남의 해안은 예부터 '다도해'라 불리며 섬이 많았기에 무인도가 집중되어 있을 거라 짐작했다. 그러나 동해안에도 섬이 50여 개나 될 줄은 전혀 상상하지 못했다. 제주도 역시 주변에 무인도가 59개가 있다는 사실을 아는 사람은 많지 않을 듯싶었다.

대부분의 무인도는 육지로부터 크게 멀지 않은 곳에 있었다. 육지로부터 1킬로미터 미만 거리에 있는 무인도는 1,221개로 전체 무인도의 41.84%를 차지했다. 육지로부터 1~5킬로미터 미만 거리에 있는 무인도는 682개로 전체 무인도의 23.37%였다. 이는 육지에서 육안으로 보이는 무인도가 그만큼 많다는 의미이기도 하다.

육지에서 빤히 보이는 무인도 중에는 분명 과거에 사람이 살기도 했던 섬이 있었을 것이다. 그 섬에 처음 들어갔던 사람들과 혹은 마지막으로 나온 사람들의 사연들을 기억하는 이들은 얼마나 될까? 그 사연들은 아마도 바닷가 포구 어딘가의 선술집에서 파도 소리 따라 흔들리며 사그라지고 있겠지. 물론 그런 사연들을 '무인도서 홈페이지'에서 확인할 수는 없었다.

대신 국가가 무인도를 4가지 유형으로 나눠 관리한다는 사실은 알 수 있었다. 첫 번째는 절대보전지역이다. 절대보전지역 무인도는 일반인의 출입이 금지된다. 보전 가치가 매우 높거나 영해 설정과 관련해 특별히 보전할 필요가 있는 섬이라는 이유다. 그리고 보전 가치가 높아 일시적으로 출입 제한을 하는 무인도는 준보전지역으로 관리한다. 세 번째가 이용가능 무인도다. 이런 무인도는 자연을 훼손하지 않는 범위에서 출입 등이 가능하다. 따라서 이런 무인도에서는 낚시와 야영을 할 수 있다. 마지막은 개발가능 무인도로 국가의 승인을 받으면 인위적으로 시설을 지어 수익을 창출할 수 있는 무인도다.

4.

여기까지 찾다 보니 정서적이고 문학적인 이미지로 떠올리던 무인도는 머릿속에서 어느덧 저만치 멀어졌다. 피상적으로 알던 무인도는 법과 체제 안에 실존하는 구체적인 땅으로 자리매김하기 시작했다. 무인도의 실체적 본질은 결국 바다 위의 부동산이란 결론에 닿았다.

통계를 찾아보니 무인도 중에 국유지는 46.14%이고 사유지는 44.16%였다. 주인이 있는 무인도는 부동산 매매를 할 수 있는 곳이다. 무인도 중에 절반 가까이는 매매를 할 수 있다는 사실이 신기했다. 그렇다면 무인도 매매는 실제로 일어나고 있을까?

'무인도 매매'를 검색어로 넣고 다시 인터넷을 찾아봤다. 언론사 뉴스에서부터 블로그, 유튜브 등 여러 곳에서 무인도 매매에 관한 기사와 후기가 보였다. 무인도법의 딱딱한 법 조항이나 '무인도서 홈페이지'의 통계들보다 무인도 매매에 생생한 정보를 담은 글들과 유튜브 동영상들은 훨씬 흥미로웠다.

특히 무인도 매매에 관한 기사를 읽어보니 무인도 매매가가 예상보다는 높지 않았다. 예컨대 경남 남해군 '아래 돌섬' 9,818㎡(약

김용운

2,970평)은 2011년 감정가의 696%인 6,150만 원에 팔렸다. 2017년 전남 신안군 증도면의 '까치섬'은 4,201만 원에 주인을 찾았다. 한 해 연봉 정도만 모으면 나도 '섬 주인'이 될 수도 있겠구나. 훗날 섬을 사서 쉬러 다녀올 수도 있을지 모른다는 기대감마저 생겨났다.

유튜브에는 무인도 매매에 관한 동영상뿐만 아니라 곧 무인도가 될 유인도에 대한 동영상들도 더러 있었다. 섬에 사는 분들은 대개 늙은 부부들이었고 전기와 수도 등 생활에 필요한 기반 시설이 제대로 갖춰지지 않아 살기 어렵다고 호소했다. 예상했던 대로 매물로 나온 무인도 중에서는 사람이 살다가 떠난 섬인 경우도 적지 않았다. 계속 이어지는 동영상들을 봤다.

동영상을 확인할수록 '무인도 매매'에 대한 괜한 설렘 같은 것은 사라졌다. 몇 분 남짓 짧은 동영상에서도 사람이 거주하는 작은 섬의 삶조차 내가 막연히 알고 있던 소설 속 묘사와는 거리가 멀다는 것이 새삼스러웠다. 특히 한국은 사계절이 뚜렷한 나라. 한국의 무인도는 야자수가 우거지거나, 추위를 걱정하는 곳은 아니었다. 그런데 나는 왜 막연히 무인도를 그런 이미지로만 상상해왔을까?

5.

대학 때 국어국문학을 복수 전공하며 '작가'의 꿈을 키웠다. 시인이나 소설가가 되고 싶었다. 국문학 전공과목 수업은 시인이나 소설가가 되기에 나의 재능과 노력이 부족하다는 걸 알려주는 시간들이었다.

졸업을 앞두고 진로를 달리 생각했다. 없는 것을 만들어내는 창작의 재능보다는 있는 것을 확인하는 취재가 내 적성에 더 맞다고 판단한 이유는 사실 진지한 성찰의 결과는 아니었다. 자격증 하나 변변한 게 없는 문과생이 취업할 수 있는 회사 중에 그나마 언론사가 많아서였다. 그리고 어느덧 20대 후반부터 시작한 언론사 생활이 40대 중반에 이를 때까지 이어져오고 있다.

기자라는 직업적 습관이 내 의식구조에 알게 모르게 체화되었고 그 덕분에 나는 자본주의 사회에서 그럭저럭 생계를 이어왔다. 소설가와 시인의 삶은 가끔 동경하되 진정으로 바라지는 않는 소시민 아저씨가 됐다. 소시민 아저씨에 적응하면서 '문학적 열정' 같은 말은 어느새 다시 꺼내기 민망한 단어가 됐다.

애초 무인도를 떠올리며 적었던 글들은 열 문장 이상 진도가 나가지 않았다. 그 문장들조차 마음에 들지 않았고 결국 쓰지 못했다. 사실관계를 구체적으로 파악하지 못한 상황에서 상상력을 발휘해 글을 쓰는 일은 역시 골치가 아프고 괴로웠다. 그 괴로움을 감내할 만큼 내 마음은 이제 이른바 '문청'이 아님을 받아들였다.

그래서 '무인도를 상상하기 전에 알아야 할 것들'을 주제로 글을 쓰기 시작했다. 여러 가지 사실들을 확인했고 '정보' 역시 글을 읽는 이들에게는 중요한 요소라며 스스로 합리화했다. 애초 청탁 자체가 무인도를 소재로 자유롭게 글을 써달라는 것이었으니까.

김용운

6.

무인도라고 하면 그저 푸른 바다에서 표류된 사람이 구조를 기다리며 홀로 생존해 있는 섬이라고 막연히 생각해왔다. 무인도에 대한 구체적인 사실과 풍경은 알지 못했다. 인간관계에 시달릴 때 사람 없는 섬에 가서 며칠간 쉬다 오면 좋겠다며 일종의 도피처로 여겨왔다.

덕분에 무인도는 내 멋대로 상상할 수 있었지만 시간이 갈수록 내 멋대로 상상할 수 있는 게 버거웠다. 구체적이지 않은 모호함은 심리적인 압박으로 다가왔다. 사람들이 규정한 무인도의 실체를 파악하기 시작하면서 무인도는 상상의 영역이 아닌 내 현실의 공간 안으로 편입되기 시작했고 비로소 글을 쓸 수 있었다. '기사와 달리 딱히 결론이 없어도 욕먹지 않는 글이 바로 문학이 아니었던가' 속으로 꽤나 안도하면서.

김용운
2005년부터 기자로 일했다. 산문집 『두 명은 아니지만 둘이 살아요』를 썼다.

무인도를 상상하기 전에 알아야 할 것들

밤이 오면 우리는 각자의 섬으로 들어간다

박은정 ✳ 시인

"너는 다른 사람을 받아들일 마음이 전혀 없어."

언젠가 그에게 했던 말이다. 한 평 남짓한 마음 안에서 누구도 발을 들여놓지 못하도록 자신의 온몸을 두 팔로 감싸 안은 채 바닥만 보는 사람. 내가 그렇게 오해하는 동안, 어쩌면 그는 누군가를 애타게 부르고 있었는지도 모른다. 다만 누구도 그곳으로 들어가는 방법을 몰랐을 뿐. 그에게 등 돌리고 걸어가는 내내 어떤 섬이 떠올랐다. 누군가를 애타게 부르지만 목소리가 나오지 않아 텅 빈 새들의 울음만 메아리로 들리는 곳. 누군가 그 섬으로 가기 위해서는 가려는 사람의 온몸이 다 젖을 수밖에 없는 곳. 몸이 젖어갈수록 형체마저 사라질 것만 같은, 그런 희붐한 무인도라면.

그를 비난하고자 했던 말이지만, 그가 아니라 내가 섬일지도 모른다는 생각이 들었다. 나는 그저 손짓만 하고 있었을 뿐, 정작 그가 내게 오려고 발이 푹푹 빠지는 진창길을 걸어왔을지도 모르겠다는 생각. 아니, 우리는 서로의 섬에 가닿으려고 그렇게 오랜 시간을 허우적거렸을 것이다. 그 섬에 닿아야만 자신을 온전히 사랑한다는 섣부른 오해 속에서. 그 섬에 닿으려 할수록 서로의 형체가 사라지는 줄도 모른 채, 세상에 없는 길을 찾아 너무 많은 욕심을 부린 것은 아니었을까. 내가 그랬듯 그에게도 그만의 섬이 필요했을 것이다. 언제든 꽁꽁 숨어버릴 수 있는 한 평의 공간 말이다.

　　몇몇이 모인 테이블. 잔잔한 재즈 음악이 흐르고 반쯤 채워진 술잔들이 놓여 있다. 테이블에 그려진 얼룩 사이로 많은 대화들이 오간다. 한 사람이 이야기 주제를 꺼내면 옆 사람이 맞장구를 치며 자신의 경험담을 이야기한다. 나머지 사람들은 고개를 끄덕이며 박수 치고 웃는다. 귀에서 짤랑거리는 방울 소리가 들린다, 계속 들려온다. 불안하고 어지럽다. 이 소리가 박수 소리인지 방울 소리인지도 모르겠다. 희박한 공기 속에서 산 정상을 오르다 고꾸라지고 말 것 같은 기분으로. 웃고 있는 사람들을 바라본다. 급하게 술잔을 비운다. 고개를 흔들며 창밖을 보면 검은 도시 속 가득한 십자가.

　　가끔은 투명 인간이 되고 싶다. 그러다 죽음 이후 영혼의 삶을 생각한다. 사람들의 기억 속에 남았다 서서히 잊히는 사람이 나라면

박은정

어떨까. 그들은 아주 가끔 나를 떠올리다가도 일상의 일들을 위해 곧 지워버릴 것이다. 출근을 하고 점심 메뉴를 생각하면서, 이 지겨운 폭염이 언제쯤 끝날 건지 생각하느라 나라는 사람을 떠올렸다는 사실도 잊고 말 것이다. 이런 생각들이 꼬리를 물자, 더 빨리 사라지고 싶다는 생각이 내 입속에서 웅얼거린다. 아무도 없는 곳에 가서 몇 년 동안 살 수 있겠어? 내가 묻는다. 나는 대답하지 못한다. 그럴 수 있을까? 모르겠다. 하지만 사라지고 싶다. 사라지고 싶다. 외로움에 치를 떨더라도 당신들의 눈앞에서 당장 사라지고 싶다. 기어이 나는 담배를 챙겨 밖으로 나간다.

베란다에서 담배를 피운다. 창밖의 골목 풍경들을 가만히 훑는 동안, 가슴속에서 잔잔한 바닷바람이 부는 것만 같다. 나를 평가하지 않고 걱정하지 않고 비난하지 않는, 그런 바람을 본다. 머리칼이 조금 나부낀다. 이 미온한 바람이 주는 시간이 나쁘지 않다. 이런 시간의 나는 작은 무인도 같다. 누구도 닿을 수 없는, 멀리서만 보이는 섬. 그제야 나는 오롯이 존재한다. 낮이 되거나 밤이 되어도 땅 붙일 두 다리를 걱정하지 않아도 괜찮다. 평생을 바다에 떠 있으면서 바람에 나직이 흔들리는 섬으로 살아간다면 어떨까. 그런 뒤에는 이번 생도 좀 살 만해질까. 거기서 뭐해?

누군가 나를 부르는 소리. 담뱃불을 끄고 다시 테이블 앞에 앉는다. 어느덧 적당히 취기에 섞인 분위기다. 사람들은 여전히 즐겁다.

밤이 오면 우리는 각자의 섬으로 들어간다

즐겁기 위해 웃고 있는 것 같다. 테이블을 사이에 두고 마주 앉은 사람들의 이름 대신 섬의 이름을 머릿속으로 떠올려 본다. 딸꾹섬, 잠꼬대섬, 깨발랄섬, 시무룩섬… 테이블은 하나의 큰 세계와 같고 우리는 그 주위에 오종종 모인 작은 섬일지도 몰라. 딸꾹섬에는 아침의 하품을 보내고, 잠꼬대섬에는 간밤의 꿈속 달아나던 다리를 보내고, 시무룩섬에는 서른한 가지 맛 아이스크림 중에서 민초 맛을 건네줘야지. 그럼 내 섬의 이름은 뭐라고 불러줄 건데? 침묵하고 있는 내겐 뭘 줄 건데? 나는 선뜻 어떤 대답도 떠오르지 않는다. 그래. 이건 그냥 이 시간을 견디기 위한 나의 유희일 뿐이잖아.

섬은 섬을 바라본다. 적당한 거리를 유지하면서 가끔은 고개를 삐죽 내밀기도 하면서. 당신들도 이 자리가 피곤할 테지? 누군가 먼저 자리를 일어서면 그 기회를 놓치기 싫어, 서둘러 가방을 챙기겠지. 너무 많이 마셨네. 막차가 끊기기 전에 일어나야겠어. 나는 그런 그림들을 무심히 본다. 해가 뜨기 전에 섬은 섬의 자리로 떠나야 하니까. 각자의 무인도 속으로. 온몸을 웅크린 채 창문을 닫고 커튼을 치면, 우리는 모두 깊은 잠에 빠질 것이다. 오래 부릅뜬 두 눈이 뻑뻑하다.

어떻게 잠들었는지 기억이 없는데, 눈을 뜨니 정오가 다 되어간다. 창문을 열고 블라인드를 올린다. 내 발소리에 놀란 고양이들이 기지개를 펴며 느릿하게 움직이기 시작한다. 오늘 날씨는 어때? 고양이들에게 묻지만 눈은 핸드폰의 날씨앱을 살펴본다. 맑음. 바람 한 점 없이 또 맑음. 주말에는 비가 올지도 모른다. 커피 한 잔을 내리고 창밖을 본다. 이렇게 파란 하늘은 오랜만인데. 높은 하늘에 구름이 빠르게 지나간다. 두툼한 솜이불처럼 아무리 점프를 해도 구멍 따위는 날 것 같지 않은 구름이다. 저 구름이 죽은 사람들의 섬이라면. 한 덩이의 구름에 한 사람의 영혼이 기거한다면. 그렇게 구름과 구름, 또 하나의 구름을 이어본다. 저곳에 얼마 전 올라간 한 영혼이 나를 보고 있을 것만 같다. 아빠, 거기선 숨 쉬기 힘들지 않지?

생각하면 사무치는 기억이 있다. 생각하지 않으려 몸을 뒤척일수록 온몸에 들러붙는 슬픔 닮은 감정이 있다. 혈관을 타고 시신경을 빠져나와 눈앞이 뿌옇게 흐려지는 시간에는 티브이를 켜놓는다. 아무 채널이나 고정해놓고 침대에 누워 육체를 빠져나간 영혼을 생각한다. 당신의 영혼과 나의 영혼을 나란히 놓고 두 손을 포개어본다. 아직도 따뜻하네. 그 말이 하고 싶어서. 화면에서는 쇼호스트가 빠르고 경쾌한 말투로 제품 설명을 쏟아낸다. 우리는 멍하니 손잡고 화면을 보고 있다. 이런 날에는 비라도 왔으면 좋겠는데. 아이스크림 한 통을 밥숟가락으로 퍼먹으면서 유행 지난 영화나 한 편 때리면 딱인데! 그러게. 아무래도 비는 주말에나 찾아올 예정인가 보다.

섬에는 비가 자주 온다고 하잖아. 오래전 친구와 소매물도로 여행을 떠날 때에도 비가 내렸다. 여객선 위에서도 선착장에 도착해

밤이 오면 우리는 각자의 섬으로 들어간다

서도 뜬금없이 비가 내리곤 했다. 우리는 우산을 쓰고 배낭의 반이 다 젖도록 언덕길을 올라 숙소에 도착했다. 구레나룻이 덥수룩한 중년의 아저씨와 시베리안허스키 세 마리가 우리를 맞아주었다. 숙소는 구옥을 수리하여 여러 공간을 덧붙인 구조였다. 마당에 가마솥을 올려놓고, 평상과 작은 의자 몇 개가 비스듬히 바위 옆에 세워져 있었다. 거실에는 꽤 많은 책들이 꽂혀 있었는데, 주로 여행기와 문학책이 많았다. 우리는 공동 주방과 화장실을 지나 안내받은 작은 방으로 들어가 짐을 풀었다. 해가 지기 전에 섬을 돌아보자. 땀이 등허리를 다 적셨지만 마냥 쉬고 있을 수는 없었다. 바위 계단을 한참 내려갔고, 숲속으로 한참을 들어갔더니 하루에 한 번 물길이 열린다는 등대 섬이 보였다. 대충 한 바퀴(?)를 돌아보는 사이 비가 그쳤고, 우리는 넓적한 절벽 위에 돗자리를 깔고 자리를 잡았다. 세상 어떤 풍경보다 아름다운 바다가 눈앞에서 큰 파도를 넘실거리고 있었다. 빗물에 깨끗하게 씻긴 풍경이 더없이 선명하게 반짝이는 것을 보면서, 한 톨의 번민도 없이 우리는 단순하게 웃었다. 그렇게 비 그친 섬에서 너도 나도 하나의 작은 섬이 되던 시간들.

　비 내리는 날씨가 좋다는 거야, 비 그친 날씨가 좋다는 거야.

　아무려나. 그건 별로 중요치 않아. 구름, 파도, 따뜻한 손, 단순한 웃음,

　잊히지 않는 어떤 시간들, 그리고 섬.

박은정

그때 나는 진짜 섬이 되고 싶었는지 모른다. 오롯하게 존재할 수 있는 시간을 꿈꾸었을 것이다. 누구도 깨울 수 없는 깊은 잠에 빠진 듯이. 모든 것이 시간과 상관없이 세상 너머의 노을처럼 번져가듯이. 섬이 되고 싶을 때 사람들은 섬을 찾아간다. 자신을 대신해 묵묵히 존재하는 것을 보면서, 끝나지 않는 마지막 꿈을 꾸는 것이다. 가만히 입속에서 '섬' 하고 혀를 굴리면 겹겹의 하얀 솜사탕이 꿈결처럼 흘러간다. 나는 곧 사라질 것처럼 아득한 존재가 된다. 밤이 섬을 불러들이는 시간이다.

섬은 그 자체로 하나의 방이자 삶이다. 나는 가끔 나의 섬에 들어가 날씨에 따라 몸을 이리저리 바꿔 눕는다. 그곳에는 어둠의 공간이지만 작은 중정이 뚫려 있어, 비와 햇빛이 마음대로 오간다. 빗줄기가 쏟아질 때는 엎드려 누워 등으로 빗소리를 듣는다. 햇빛이 쨍쨍한 날에는 정면으로 누워 눈앞이 캄캄해질 때까지 햇빛을 받는다. 눈앞이 캄캄해지면 사방이 고요해지고 죽음 속에서 태어나는 목숨을 부여잡기도 한다. 한낱 실같이 겨우 잡을 수 있는. 그러다 어느 순간 손안에서 사라져버리는. 날씨가 흐릴 때는 모로 누워 귓속으로 흐르는 눈물을 받아 모은다. 그 눈물이 가득 찰 때까지 울다가 잠이 들고, 다시 눈뜨면 세상 속에서 커피를 내리고 고양이들의 사료를 채워주는 내가 있다.

"너는 다른 사람을 받아들일 마음이 없어도 괜찮아."

밤이 오면 우리는 각자의 섬으로 들어간다

지금에 와서 생각해 보면 그에게 이런 말을 해야 했다. 사람은 받아들이는 것이 아니라 옆에 나란히 서 있는 것이니까. 서로 부대끼면서 억지로 집어넣은 울퉁불퉁한 마음은 결국 터지고 말 테니까. 그 흩어진 파편들을 주워 담아봤자, 남는 건 손안의 상처뿐이니까. 어쩌지 못해 날을 세워 끊어내기 전에 서로의 섬을 떠올렸더라면, 나는 그저 옆에서 그의 손을 잡고 서 있으면 될 텐데. 어떤 일들은 지나가고 나서야 선명한 형체를 보이며 긴 그림자를 남긴다. 그림자는 손안에서 모래알처럼 빠져나간다.

　　많은 관계에서 섬에 닿기 위해 노력했으나 실패하고 절망했다. 아무도 발 들이지 않는 곳에서 진짜 나를 꿈꾸었듯, 그들도 혼자만의 섬에 들어가 깊은 잠에 들고 싶었을 것이다. 그러니까 함께 있을 때 내가 내민 손을 당신이 잡아주길. 밤이 찾아오면 각자의 섬으로 들어가 따뜻한 영혼으로 잠들기를. 나는 내가 만든 섬 안에서 오래 기도했다. 누구도 찾지 않는 밤이 올 때까지. 아직 무엇도 쥐지 못한 태아의 꼭 쥔 주먹으로.

　　밤이 깊었다. 고양이들은 각자의 자리에서 꾸벅꾸벅 졸고 있다. 허기를 채우려고 냉장고에 있는 재료들로 파스타를 만들어 먹는다. 냄비에서 적당량의 물이 끓는 동안 양파와 마늘을 썰고, 명란젓을 갈라 알들을 훑어낸다. 대충 만들어낸 파스타는 혼자 먹기에 매번 양이 많다. 양 조절을 또 잘못했기 때문이다. 이럴 땐 가끔 누군

박은정

가 함께 먹어줬으면 하는 마음이 들기도 한다. 이렇게 수시로 갈팡질팡하는 마음이라니. 하지만 나는 아무도 부르지 않는다. 오로지 좀 많다 싶은 양의 파스타를 묵묵하게 먹을 뿐이다. 그리고 냉장고에서 맥주 한 캔을 꺼내어 유리잔에 가득 채운다. 맥주의 탄산이 꽉 막혔던 마음을 뚫고 들어간다. 모든 것이 완벽한 무인도의 하룻밤이다.

박은정
2011년 등단하여 『아무도 모르게 어른이 되어』, 『밤과 꿈의 뉘앙스』 두 권의 시집을 펴냈다. 낮에는 편집자로 일하고, 밤에는 지루한 영화를 보고 결말 없는 시를 쓰곤 한다.

밤이 오면 우리는 각자의 섬으로 들어간다

다시 되돌릴 수 있을까?

백정우 ✳ 영화평론가

나의 목소리가 안 들려

그도 그럴 것이 일주일 넘게 단 한마디도 안 하고 지냈으니 말이다. 그러니까 어느 날 내 목소리가 막혀 잘 나오지 않게 되었을 때, 나는 하나도 이상하다고 여기지 않았다. 목소리가 잦아든 건 지극히 당연한 일이었다.

나는 전화 통화를 싫어한다. 좀체 먼저 거는 법이 없다. 걸려오는 일도 거의 없다. 어쩌다 전화가 와봐야 대출이나 핸드폰 상품 관련 광고성 멘트가 고작이다. 알 만한 사람은 나와의 연락에 문자메시지를 주로 이용한다. 일이라고 다를 바 없다. 현실이 이 지경인데다 코로나까지 덮쳐 두문불출이 길어지다 보니 사람과 말 섞을 일이 더 줄어든 것이다. 자주 사용하는 기관은 발달하고 그렇지 않으면

퇴화한다는 용불용설은 급기야 내 목청까지 치고 들어왔다. 목이 잠겼고 쉿소리가 났다. 쉽게 풀릴 기미가 보이지 않았다. 집에서 나오지 않았고, 사람들과 대화도 삼갔으며, 심지어 전화 통화도 없었다.

나는 그 자체로 하나의 섬이었다. 무인도였다. 외부인의 발길이 끊겼고 내 발로 방문객을 찾아 나서지도 않았으니 말이다. 무인도라면 문명의 이기와 유리되어 있고, 고립으로 인한 고통의 시간이어야 마땅하겠지만 나는 하나도 힘들지 않았다. 다만 2020년 2월 이전과는 달리 코로나 이후로는 타의에 의한 고립이 일상화되었다는 차이가 있을 뿐이었다. 그리하여 나는 내 감정을 쥐락펴락 조절하면서 무인도의 고독을 맛보았다.

그때 그 무인도

내가 대구에 내려온 건 6년 전 겨울의 일이다. 단출한 짐 속에는 건강 문제와, 이런저런 이유가 몇 가지 더 담겨 있었다. 1년쯤 계획으로 거주지를 확정할 참이었다. 부모님의 고향이라는 것 말고 대구와 나의 연결고리는 아무것도 없었다. 그러니까 나는 서울에서 태어나 서울을 떠난 일이 없는 서울 토박이였다. 곧 지역민에겐 이방인이라는 의미였다.

서울식으로 생각하고 행동하던 내가 지역 정서에 적응하는 건 쉬운 일이 아니었다. 심지어 나는 매사에 실눈 뜨고 비판적으로 세상과 텍스트를 대한다는 평론가 아닌가. 그렇다고 대구살이 초반의 좌충우돌을 새삼 거론하고 싶진 않다. 한마디로 도시 전체가 내게는 무인도였다. 빼곡한 건물과 숱한 시민들이 나와는 무관하다는 묘한 느낌. 대도시임에도 조용하고 느렸으나 한편으로 안전해 보였다.

　나를 당황케 한 것은 표정 없는 얼굴들의 신중한 태도였다. 영역을 넘보는 침략자인지, 아니면 고분고분 공동체의 일원이 될 각오가 된 외지인인지를 가늠하려는 판관의 낯빛이 역력했다. 낮이면 물 위의 기름처럼 부유하다가 어둑해질 무렵 집으로 들어가 내가 누군지를 자문하는 날이 거듭되었다. 낯선 땅에 터를 내리는 일이 그토록 어려웠던 건 철저하게 내 중심으로 살았기 때문일 터. 무인도에서 살아남는 길은 이곳이 무인도임을 깨닫고, 오래전부터 뿌리내린 원주민의 존재를 인정하여 그들 무리에 동화되거나 멀찌감치 떨어져 해 끼칠 일 없는 온순한 외지인으로 생활하는 것이다.

고독과 고립은 종이 한 장 차이

　라이언 스톤 박사(알폰소 쿠아론 감독의 〈그래비티〉에서 산드라 블록이 연기하는 주인공)도 나만큼이나 사람의 말소리가 싫었나 보다. 딸아이가 술래잡기하다 미끄러져 죽자 그녀는 모든 세상과의 소통을 차단한다. 출퇴근 차 속에서 듣는 라디오도 DJ 없이 음악만 흐르는 채널이다. 허블망원경 수리 팀에 자원한 건 그 때문이었다. 우주에는 공기가 없으니 소리도 없고, 중력이 없어 발붙일 땅도 없다. 간섭하는 사람도 없다. 훌륭한 도피처이다. 스스로 통제 가능한 고독을 선택해 우주로 날아간 라이언에게 불의의 사고가 닥친다. 동료는 죽고 혼자 남아 지구로 귀환해야 하는 운명. 죽어도 좋다고 여긴 인생이 삶을 갈구하기 시작할 때 인간의 강인함은 빛을 발한다. 삶의 열망을 연료 삼아 기어이 지구로 귀환하는 라이언의 메시지는 간명하다. 기쁨도, 슬픔도, 고통도, 행복도, 모두 살아 있을 때 느낄 수 있는 감정이라는 귀한 사실이다.

자신을 깊은 고독 속으로 밀어 넣었을지언정 그가 원한 건 고립이 아니었다. 사람의 발길 닿은 적 없는 천혜의 비경이나 한적한 섬을 찾아 나서는 이들이 원하는 건 식수도, 화구도, 비 피할 천막 하나도 없는 무인도가 아니라는 말이다. 고요와 고독과 고립은 그래서 종이 한 장 차이인지도 모른다.

당신의 적수는 누구입니까?

누구나 적수가 있다. 그런 사람 없다고 누군가 항변할 수도 있겠지만, 적어도 나는 있다. 그리고 유명한 사람들은 누구나 필생의 라이벌을 갖는다. 살리에리에겐 모차르트가, 피카소에겐 자코메티가, 피츠제럴드에겐 헤밍웨이가, 카라얀에겐 첼리비다케가 있었다. 그들 사이에 질시와 경쟁심만 있진 않았을 거다. 질투하고 미워하고 싸우면서 우정을 쌓았고 또한 예술혼의 원천으로 삼았다. 라이벌이 있는 삶이라야 쉴 틈이 없고 끊임없이 진보한다.

동물원 집 아들 파이(Pi)도 그랬다. 캐나다로 이민 가는 배가 폭풍우에 휩쓸려 가족을 모두 잃고 홀로 망망대해를 떠다닌다. 언제 죽어도 이상하지 않을 파이의 옆을 지킨 건 호랑이 리처드 파커였다. 리처드 파커는 위험이면서 희망이었고, 경쟁자이자 삶을 견인한 동력이었다. 훗날 그가 "리처드 파커가 없었더라면 나는 살아남지 못했을 거"라고 술회하는 대목은 인상적이다.

　　비단 경쟁자가 아니더라도 곁을 지키며 우정을 나눌 만한 상대는 반드시 필요하다. 예컨대 〈캐스트 어웨이〉의 윌슨을 떠올리면 쉽다. 주인공 척 놀랜드는 배구공 윌슨을 유일한 친구로 삼아 무인도의 고독을 이겨냈다. 윌슨은 말상대였고 지지자였으며 응원군이었다. 섬을 탈출하기 위해 만든 뗏목 고물에 상징처럼 윌슨을 매단 것도, 엄청난 파도에 윌슨을 잃고 오열하며 "미안해, 정말 미안해"를 외친 것도 소통의 중요성을 보여준다(윌슨이 아니었다면 그 또한 섬에서 버티지 못했을 거다). 내게도 리처드 파커가 있다. 나이와 시절에 따라 변형되었을 따름이다. 코로나로 긴 칩거에 들어갔을 때, 그러니까 내가 외부와 단절하여 목소리를 잃어가고 있던 시절에 나를 지켜준 호랑이는 원고 집필이었다.

당연하게도 책

　　책이었다. 정확하게는 책 쓰기였다. 기왕에 갇혀 지내는 거 원고를 완성하자고 마음먹었다. 당초 출판 예정인 원고는 따로 있었다. 마음에 썩 들지 않던 차에 시간과 공간이 주어졌으니 망설일 이유가 없었다. 매체에 연재했던 원고를 기준으로 새로운 글을 쓰면 될 터였다. 시간도 많았고 재료도 충분했다. 잘 버무려 맛깔스런 요리로 만들어내면 그만이었다.

　　무인도에 가본 적은 없다. 그래도 무인도가 어떤 곳인지 어렴풋한 형상은 있다. 몇몇 영화를 통해 접한 사실, 그러니까 〈캐스트 어웨이〉 유의 영화들에서 인물은 단독 고립인 상황이고, 아무것도 없는 척박한 공간에서 할 수 있는 건 고작해야 물고기를 잡거나 식량을 확보하는 일이 전부라는 것 말이다. 매일매일, 100일, 1,000일이 언제나 동어반복인 일상이 벌어지는 고립무원의 땅. 2020년 나의 봄이 그랬다. 아침에 일어나 커피를 내린 후 책상에 앉아 글을 썼다. 점심을 먹으면 동네 산책이 시작되었고, 돌아와서는 다시 글을 썼다. 어둠이 내릴 때 즈음 영화를 보았다. 주로 원고와 관련된 영화들이었다. 밤 산책을 끝내고 다시 영화를 보고는 다음에 쓸 이야기를 노트에 정리하면 하루가 끝났다. 다음 날도, 그다음 날도, 그 다음다음 날도 다르지 않았다. 야자열매를 쪼개 물을 마시고 물고기를 잡아 주린 배를 채우는 무인도의 일상은 아니었을지언정 같은 세월은 유사한 패턴으로 흘렀다. 그도 나도 스스로의 힘으로 무인도에서 벗어날 수 있었으니까. 책을 읽고 영화를 보고 책을 썼다. 그렇게 8개월 동안 스스로를 고립시켜 무인도에 박아놓았고 단풍이 가장 예쁜 계절에 절해고도에서 걸어 나왔다.

그린란드의 아닌강과 우주의 메이데이

다시 〈그래비티〉의 한 장면. 천신만고 끝에 중국 우주선에 탑승한 라이언은 지구와 교신을 시도하던 중 희미한 소리를 듣는다. 지구로부터 날아온 전파다. 상대의 이름은 아닌강. 그는 라이언의 이름을 메이데이로 알아듣는다. 영화는 라이언과 지구의 누군가가 엉뚱한 이야기로 잠깐의 희망을 선사하는 데 그치지만, 이 삽화에는 외전이 존재한다. 영화의 시나리오를 쓴 조나스 쿠아론(알폰소 쿠아론의 아들)은 이 장면에서 지구의 누군가와 교신을 한다면 가장 고립된 지역의 외톨이여야 할 거란 생각을 한다. 라이언이 처한 것과 흡사한 환경, 춥고 고독하고 죽음에 가까운 장소. 게다가 둘 사이를 가르는 다른 언어와의 소통 불가능성. 그는 카메라 한 대와 최소한의 스태프를 데리고 그린란드로 떠나 현지 에스키모를 기용해 단편 〈아닌강〉을 찍는다. 그러니까 우리가 영화에서 보는 건 라이언 박사의 우주선 장면이지만, 조나스 쿠아론이 그린란드의 일룰리사트 근교에서 이틀간 찍은 단편 〈아닌강〉은 지구 교신자의 시점이다(기막히지 않은가). 둘의 짧은 교신은 언어 한계로 끝나지만, 투덜거리며 천막으로 향하는 아닌강의 하늘 위로 일군의 유성우와 라이언을 태운 우주선이 대기권을 돌파한다. 아, 그 장엄하고 황홀한 쇼트라니.

한 치 앞을 볼 수 없는 상황에서, 말하자면 지금처럼 코로나가 언제 끝날지도 모르고 이후의 세상이 어떻게 달라질지 모를 예측 불허인 시절에 누군가와 소통을 꾀한다는 건 필사의 몸부림일 수도 있다. 호랑이 리처드 파커를 달래며 삶의 의지를 불태운 파이처럼 말이다. 지금도 내가 아는 이들은 행보가 자유롭지 못한 시절일수록 관계를 돈독히 해야 한다며 주위 사람들과의 소통을 소중하게 다룬다. 더러는 새로운 관계를 모색하다 실패하거나 실망하기도 했으며 아예 사람과 담을 쌓는 일도 벌어졌다. 나는 크게 변한 게 없다. 애당초 많은 친구를 얻지 못했고 무리의 필요성도 못 느낀 축이라서 그럴 거다. 때때로 절박함에 신호를 보내고 싶을 때가 나라고 왜 없으랴. 그런데 혹여 엇갈린 신호음처럼, 소통 불가의 언어처럼 변죽만 울리다 끝날 거 같아 용기를 내지 못한다. 누구는 나이 먹었다는 증거라고 말하더라만.

베토벤 5번 교향곡에 부쳐

밀레니엄을 앞둔 1999년 전 세계 클래식음악평론가들이 모여 투표를 했다. 무인도에 가지고 갈 단 한 장의 음반을 정하는. 1위에 꼽힌 건 뜻밖에도 캉틀루브의 〈오베르뉴의 노래〉였다. 정확하게는 뱅가드 클래식이란 마이너 레이블에서 발매한 네타냐 다브라스가 부른 음반이었다. 오베르뉴 지방의 구전민요를 채집하여 곡조를 붙인 것이다. 2위는… 우리가 2등은 기억하지 않으니 넘어가자.

누가 내게 같은 이유로 단 한 장의 음반을 묻는다면 주저 없이 답할 수 있다. 1974년 도이치 그라마폰에서 나온 베토벤 5번 교향곡 〈운명〉이다. 카를로스 클라이버와 빈 필하모니가 녹음하였는데, 현재까지 나온 수백 종이 넘는 〈운명〉을 통틀어 최고의 연주로 인정받는 음반이다. 무인도에서 죽지 않고 버티려면, 하루하루 지루한 일상을 살아내려면 아침 햇살로 생의 장엄함을 일깨워주고 일몰의 아름다움을 다이내믹한 마무리로 이끌 소리가 필요한데, 여기에 꼭 맞는 게 클라이버의 〈운명〉이라고 확신한다. 물론 내가 무덤까지 가져가고 싶은 단 한 장의 음반이기도 하다. 그러고 보니 무인도와 죽음은 처절한 고독 앞에 내던져진다는 점에서 동색인지도 모르겠다. 내 발로 무인도에 갈 일은 평생 없겠지만.

모든 걸 다 되살려줄게

코로나가 우리의 삶을 파괴한 지 1년 7개월여가 지났다. 잃은 것만 있는 건 아니다. 잊고 지낸 것들의 소중함을 깨닫게 된 건 다른 수확이다. 듣기 좋은 얘기로 이 상황을 위로하기엔 나는(우리라고 에두르고 싶진 않다) 너무 많은 것을 잃었다. 친밀한 누군가를 만나고, 이야기 나누고, 밥을 먹고, 영화를 보고, 때론 환호하며 열 올리던 시간들이 송두리째 사라져버렸다. 이젠 그 기억마저 희미해질까 두렵다. 얼마나 더 많이 잃어야 끝날지 모르겠다. 내가 자신을 무인도처럼 만들고, 거처를 집으로 한정하고, 사람들과 애써 소통하지 않은 건 코로나 때문만은 아니다. 원래 나의 삶이 그랬다는 얘기다.

백신을 통해 집단면역이 이뤄지고 조금씩 일상에 가까워질지언정 타의에 의한 고립으로 새겨놓은 시간을 되돌리긴 힘들 것이다. 내가 두려운 것은 그것이다. 언제고 유사한 상황이 벌어질 때 나는, 아니 우리는 누군가가 만들어놓은 무인도 속으로 기꺼이, 아무런 감흥 없이 걸어 들어갈 것이기 때문이다. 〈캐스트 어웨이〉의 종반, 기적적으로 생환한 척 놀랜드의 환영 파티가 끝난 후 절친한 동료는 그에게 말한다. "모든 걸 다 되살려줄게." 언젠가는 나의 무인도에도 생의 찬란한 빛이 스밀 날이 올까. 이전의 순간들을 다시 되살려놓을 수 있을까.

백정우
22년째 영화 언저리를 맴돌며 글을 쓴다. 거의 모든 일을 할 수 없게 된 코로나 광풍을 살아 있다는 자위와, 맘껏 글을 쓸 수 있다는 자기만족으로 돌파한 타고난 낙관주의자. 저서로 『영화, 도시를 캐스팅하다』와 『맛있는 영화관』이 있다.

노란배코브라는 뻐끔살무사를 잡아먹는다

오재원 ✳ 수필가

"너, 나 알아?"

내 앞에서 잘 걸어가다가 휙 돌아서서 쏘아붙이는 그에게 "맹세코 나는 너를 모른다"라고 대답을 해야 하는데 목구멍이 얼어붙어 아무 말도 나오지 않았다. 굳이 변명을 하자면 나는 그저 몹시 구겨진 그의 셔츠 소매에서 달랑거리는 단추를 주시했을 뿐이다. 물론 좀 집요하게 바라본 건 인정한다.

"왜 자꾸 날 따라오는데?"

"조금 전까지 네가 중얼거리던 걸 들으려고 가까이 다가선 것"이라고 대답하고 싶었다. 통하지 않을 소리였다. 입을 꽉 다물고 대꾸하지 않는 내가 언짢았던지 갈기갈기 찢어 죽여버리겠다며 그가 오른팔을 치켜들었다. 말은 칼이 되었다. 살갗이 이리저리 쩍쩍 갈라지는 것처럼 아팠다.

햇빛이 소나기처럼 쏟아졌다. 그의 정수리에 고여 있던 빗물이 어깨를 타고 둔부를 스쳐 정강이로 흘러내렸다. 금방이라도 눅진해진 몸이 아스팔트 바닥으로 길게 드러누울 것처럼 보였다. 뱀 비늘 같은 땀방울이 그의 얼굴과 팔에서 솟아올랐다. 나는 혀를 내밀어 말라가는 입술을 한 번 훑고는 집어넣었다.

저보다 몸집이 큰 포식자를 만난 피식자는 육감적으로 깨닫는 법이다. 뒤통수에도 눈이 달린 것처럼 행동해야 그나마 도망 갈 길이라도 찾아낼 수 있다는 것을… 자신을 미행한다며 욕설을 퍼붓고 괴성을 지르던 그가 멀리서 뛰어오는 늙은 여자의 제지에 주춤한 틈을 타 미친 듯이 걸었다.

지열이 기어올라 발등이 따가웠다. 머릿속은 쇳덩이를 집어넣은 것처럼 무거웠고 양쪽 귀에선 바람 부는 소리가 들렸다. 두 발을 들어 올려 몇 초만이라도 공중에 떠 있으면 좋겠다는 생각이 들었다. 사흘씩이나 잠을 못 자 신경이 바늘처럼 곤두서 있었다.

매일 아침 출근길에 마주치는 그는 알 수 없는 말을 중얼거리며 내 앞을 걸어갔다. 어떤 날은 아프리카 어느 족장의 주술 같은 랩을 읊었고 또 어떤 날은 틱 장애에 걸린 사람처럼 "칙칙" 소리를 내고 어깨를 으쓱거렸다. 가끔 지나가는 사람을 향해 삿대질을 하며 화를 내기도 했는데 그럴 때면 어김없이 늙은 여자가 나타나 그를 끌고 갔다.

처음엔 단순한 호기심으로 그의 뒤를 따라갔다. 주변에 있는 외국인들의 대화가 영어인지 불어인지 중국어인지 궁금한, 딱 그 정도였다. 그를 무시하고 발걸음을 재촉해 앞서 걸어간 적도 있었는데

오재원

그럴 때마다 그의 목소리가 내 뒤통수를 잡아당겼다. 그는 혼자 묻고 대답하는 대화를 하고 있었다. 혼잣말도 진지하게 하면 대화가 되었다.

호르몬 감소로 인한 멜라토닌 저하가 원인일 것으로 추측되는 수면장애를 겪는 동안, 나는 엉뚱한 호기심이나 쓸데없는 집요함과 싸워야 했다. 중요한 결정에는 대충대충이면서 사소한 일에는 집착하는 몹쓸 버릇이 생겼다. 그중 하나가 출근길에 만나는 그의 말을 엿듣는 것이었다. 두서없이 중얼거리다가 허공에 대고 기도를 하고 지나가는 사람들을 붙들어 시비를 걸고 욕설을 해대는 그가 신경이 쓰이면서도 신기했다.

그즈음 대화기피증을 겪던 내가 상대하는 건 오직 TV뿐이었다. 언제든 보고 싶을 때 리모컨 버튼만 누르면 명령에 따르는 기계, TV 하나면 하루 종일도 혼자 보낼 수 있었다. 카톡에 친구추가라도 해놓고 싶을 정도로 그것은 끊임없이 노래를 해주고 멜로드라마를 틀어주고 건강 상식을 들려주며 나를 위로했다. 세상이 모두 잠든 새벽, TV에서 흘러나오는 노래를 따라 부르고 드라마 속 주인공이 되어 눈물을 흘리고 의사들의 조언을 수첩에 적으며 시간을 때우다가 출근을 했다.

〈동물의 왕국〉은 나의 최애 프로그램이었다. 늑골을 확장시키고 상체를 곧추세운 노란배코브라가 뻐끔살무사를 아가리로 물어 꾸역꾸역 신경독으로 녹여내는 장면을 보면서는 우울하다 못해 웃음이 나왔다. 뱀도 뱀을 잡아먹을 수가 있었다. 그것들은 무리지어 다

노란배코브라는 뻐끔살무사를 잡아먹는다

니지도 않고 다른 동물과 섞여 살지도 않으며 발이 없어도 정글 속을 기어다니고 지느러미가 없어도 물속을 헤엄친다. 독고다이도 그런 독고다이가 없었다.

독고다이 생활이 편해진 건 사람들과 대화를 줄이면서부터였다. 눈을 마주치지 않으면서 대화하는 법은 이기적으로 보이기에 상당히 효과적이었다. 시선을 외면한다는 것은 상대방을 피하고 싶다는 1차적 신호였다. 눈치 빠른 이들은 먼저 알아서 나를 모른 체하고 지나가주었다.

그 어떤 약속도 만들지 않았고 일을 하면서도 가급적이면 동료들과 이해관계로 얽히는 일은 피했다. 혹시나 의견 충돌이 생길 것 같으면 슬그머니 먼저 발을 뺐다. 어쩌다 지인이나 친구와 마지못한 통화를 하면서도 속으로는 '제발 나를 잊어줘'라고 되뇌고 있었다. 아는 이들의 전화번호를 삭제하고 그들과의 기억을 잘라내며 혼자 사는 법에 익숙해져갔다. 나쁘지 않았다.

결코 혼자 살 수 없지만, 혼자 살고 싶어진 나는 코브라가 되기로 했다. 송곳니에 신경독을 품고 희생양을 기다리는 뱀처럼 소파에 웅크리고 앉아 매일 〈동물의 왕국〉을 보며 밤을 새웠다. 그러고 나면 다음 날 아침 멍하고 불쾌한 시간이 찾아왔다. 침샘, 눈물샘, 위장, 대장, 췌장, 세포 구석구석에 독이 차올라 먹지도 자지도 못하는 게 반복되었다.

동네 병원에서 일주일 치 수면제를 받아 와 먹은 첫날, 〈동물의 왕국〉에서 봤던 노란배코브라가 인상적이었던지 렘(Rem) 수면 상태

오재원

에서 '노란배코브라'로 변신해 햇빛에 젖은 청년의 목을 물어뜯었다. 아마존이나 오리노코 강 어디쯤에서 허옇게 드러난 뻐끔살무사의 목덜미에 송곳니를 박고 무너져 내리는 살덩이를 실눈을 뜬 채 감상하고 있었다. 신경독이 퍼져 팔다리가 널브러진 채 노란배코브라의 아가리로 몸이 반이나 들어간 그가 알 수 없는 말을 토했다.

"너, 나 알아?"

그의 뒤를 따라가던 아가씨가 "미친놈"이라고 쏘아붙이곤 쏜살같이 사라진다. 나는 그를 안다. 오늘은 제대로 된 셔츠를 입고 나왔다. 풀어진 실에 겨우 매달려 떨어지지 않으려고 안간힘을 쓰는 단추도 보이지 않는다. 그에게는 늙은 여자가 나타날 때까지 얼마간의 시간이 남아 있다. 그 혼자만의 말로 대화를 하고 제멋대로 행동할 수 있는 공간이 펼쳐지는 것이다. 그곳에는 아무도 살지 않는다. 그의 말을 알아듣는 사람도 없고 알아들으려고 하지도 않는다.

나는 그의 눈에 띄지 않게 얼른 방향을 틀어 잰걸음을 걷는다. 그가 어디를 가느라 내 출근길과 겹치는지, 왜 지나가는 사람들에게 폭언을 하고 폭행의 자세를 취하는지 알 수 없다. 분명한 건 그는 결코 그가 사는 세상에 사람을 들이고 싶어 하지 않는다는 것이다. 나처럼….

오재원
수필가.

노란배코브라는 뻐끔살무사를 잡아먹는다

스스로 무인도를 만드는 사람

유려한 ✳ 작가, 문화예술기획자

무인도에 실제로 방문한 사람은 몇이나 될까? 마약 하지 않는 사람이 마약옥수수를 팔고, 책장에 꽂힌 들뢰즈 책을 끝까지 다 읽은 사람은 별로 없는 것처럼 무인도가 그러하다. 자신의 경험으로 세계를 구축하는 것이 인간이라면 나는 무인도에 대해서 할 말이 없어진다. 물리적으로 실재하는 무인도에 가본 적 없을뿐더러 어느 곳에 있는지 알지 못하고 훗날 가보고픈 마음도 그다지 없기 때문이다. 한 번쯤 비유와 상징의 예시로 쓰거나 영화 혹은 버라이어티 쇼에서 보았던 유사 무인도가 전부랄까? 경험하지 않은 대상을 두고 그럴듯한 수필을 쓰는 것은 기만이므로, 나는 아무래도 나만의 무인도에 관하여 써야겠다.

이방인의 무인도

나는 짐 싸기의 달인이다. 특히 캐리어 짐을 싸는 데 일가견이 있다. 지난 20여 년간 수없이 캐리어를 열고 닫는 행위는 무엇이 필요하고 그렇지 않은지 일러주었다. 불필요한 사물은 말 그대로 얼마나 '짐'이 되는지 알기에 꼭 필요한 것만 빠르게 담는다. 그래서 짐을 싸는 데 많은 시간이 걸리지도, 무겁지도 않다. 간결한 짐짝과 한 몸이 되어 빈번한 해외 이동과 체류를 하는 동안 내 자신에 대해 알게 된 점이 있다. 나는 주기적으로 이방인이 되어야만 하는 사람이고 스스로 그렇게 만들어왔다는 점이다.

이방인은 '다른 나라에서 온 사람'이다. 다른 나라에서 다른 나라 사람으로 존재하는 것은 이방인의 무인도와 같다. 그 첫 번째 무인도는 모국어에서 해방된 독자적인 섬으로 활보하는 일이다. 이상한 말처럼 들리겠지만, 제3세계로 갈수록 마비되는 리터러시(literacy)에 불편이 아닌 자유를 누린다. 듣기 싫고 하고 싶지 않은 말들, 읽고 이해하여서 괴로운 일로부터 멀어지며 곰팡이 핀 머리와 마음을 개워낸다. 언어가 의미 없는 사운드로 감각되는 경험은 청각장애인들의 소리 없는 수화의 세계에서 이방인이 되는 것과 비슷하다. 몸짓이나 표정 같은 비언어가 언어의 자리를 대신할 때마다 달라지는 나를 감지하는 짜릿함도 느낀다.

그러고 보니 일에 대한 완벽주의적 강박과 긴장으로 날이 서 있다가 낯선 곳에서 되레 편안해지는 현상은 어떻게 설명해야할까? 슬프게도 나의 본캐는 종종 타국에 있고 한국에서는 부캐로 사는 것은 아닐는지 생각한다. 영화 〈사운드 오브 뮤직〉에서 줄리 앤드류스가 연기한 '마리아'는 이질감 없는 나의 본캐이다. 그런데 어째 점점 이방인이 되어야만 그녀를 만나게 되는 듯하다. 경직된 사회에서 마리아는 자주 출타 중이다.

두 번째 무인도는 내가 아무것도 아닌 존재로 타국의 배경처럼 스며드는 일이다. 주체이되 동시에 객체로 하찮게 처리될 때 비로소 자신을 들여다보게 된다. 문학에서 '낯설게 하기'처럼 이방인이 됨으로써 새롭게 환기되는 나, 타 문화가 거울이 되어 나를 다시 비추는 일은 온전한 나를 만나고 싶은 몸부림이다. 이해를 강요받지 않는 타국의 시공간은 나와 내 주변을 다른 방식으로 감각하도록 유도한다. 이방인은 발걸음 닿는 대로 쌓이는 우연과 자극을 수용하며 점점이 흩어진 나의 조각들을 흔들고 꺼내어서 다시 잇는다. 모든 것을 허투루 보지 않는 시선은 어린이의 호기심을 되찾아준다. 무뎌진 감각과 사유의 날을 새로이 세우고, 타 문화 집단 속 내부자의 관점을 얻고 싶어 하는 인류학자의 순간이다. 이방인의 무인도에서 얻은 영감은 나의 어딘가에 묻어 있다가 알맞은 때에 나도 모르게 튀어나온다.

그렇다면 코로나 시대의 이방인을 말해보자. 자유로운 해외 이동이 어려워지면서 이방인의 거침없는 유목민적 삶은 멈추었다. 의지와 상관없는 급정지는 힘차게 나아갈 다음 단계를 내려놓으라고 종용하는 듯하여 당황스러웠다. 지인들과 이야기를 나누면 기약 없는 일에는 단념하는 분위기이다. 별 수 있는가? 이제는 영어 속담

스스로 무인도를 만드는 사람

"Making lemonade out of lemons"를 곰곰이 생각해본다. 한국의 "이가 없으면 잇몸으로"와 일맥상통한다. 삶이 시련을 주거든 적응하면서 다른 긍정적인 기회를 만들어보라는 의미이다. 그리하여 지금 여기를 살아가는 이방인은 마음으로 가장 멀리 또 깊이 여행하는 레모네이드를 만들고 있다.

내가 한국에서 다른 나라 사람이 되는 방법은 '정신적 이민자'로 사는 것이다. 한국에서 살아내기에 그다지 적합하지 않은 사람이라고 생각한 지도, 한국 사회에서 기대하는 평균, 표준, 기준의 삶을 도장 깨기하며 구색 갖추는 일도 거부한 지 오래다. 그나마 애정이 있기에 가능했던 냉소와도 어느덧 결별한 듯하다. 이제는 자아와 세계의 피 흘리는 투쟁 없이도 내 안에 천착하는 일을 거듭하게 되었으니, 과거의 지난한 날들에 견주면 한결 편해졌다고 말할 수 있다. "넌 한국 사람 맞는데, 한국 사람이 아니야"라는 지인들의 아리송한 말을 단번에 수긍하는걸 보면, 이미 나만의 국가에서 사는 이방인이었는지도 모르겠다.

비활성화된 사회적 자아의 무인도

유튜브 영상보다는 영상에 달린 댓글을 유심히 보게 된다. 익명의 빛나는 작명 센스, 이른바 '드립력'을 감상하기 위해서다. 그곳에는 한바탕 웃게 만드는 기발하고 절묘한 표현이 넘친다. 일본 하이쿠 뺨치는 시인도 살고 있고, 때로는 정수리를 뚫고 가르는 전설적인 문장도 있다. 누구나 느끼지만 수면 위로 다뤄지지 않는 삶의 진실과 속살이 넘실대는 곳에서 사람들은 '엄지 척'을 보태며 공감을 표한다. 몇 개월 전 '무인도'가 담긴 인상적인 댓글을 보았다. 수만 명의 가장 많은 '좋아요'를 받았다.

사회는 사람으로 가득 찬 무인도

사람들에 둘러싸였지만 무인도에 있는 것에 지나지 않다는 말에서 쓸쓸함이 전해진다. 그런데 이러한 공감대는 타파해야 할 성질의 것이 아니라, 동시대를 살아가는 대부분이 자연스레 끌어안고 이미 적응한 듯싶다.

'외롭다'와 '고독하다'는 다른 본질을 지닌 단어이다. 외롭다는 생각을 가만히 들여다보면 대부분 심심하거나 세상에 마음을 닫은 상태인데 반해서, 고독은 나를 성장하게 하는 인생의 동반자이며 힘이자 무기이다. 수년 전 언론에서 '혼밥', '혼술', '혼영', '혼여'와 같은 말을 지어낼 때 촌스럽기 그지없다고 생각했다. 본래 혼자가 디폴트 값인데, 새삼 새롭고 특별한 것처럼 여기다니! 혼자 하지 못하면 그것이 뉴스감 아닌가. 우르르 몰려다니는 불편한 식사가 아니라, 자기 속도에 맞추어 평화롭게 음미하는 식사를 갈망하는 사람들을 왜 모르는가.

이제 사람들은 텅 빈 집에 들어가는 일을 더 이상 외롭게 여기지 않는다. 서둘러 자발적인 고독의 무인도로 향한다. 돈만 많다면 영원히 집에서 나오지 않겠다는 말을 들은 적이 있다. 병적인 사회와 코로나 바이러스로부터 도피할 수 있는 안식처는 오직 집, 나만의 안식처이다. 무례함, 방해와 간섭, 불합리와 멸시, 상대가 믿을 거라 생각하는 그 모든 같잖은 핑계, 걱정의 가면을 쓰고 자존감을 갉아먹는 말 그리고 '바람직한 사회성'이 멈추는 곳이 무인도이다.

나는 코로나19 '때문'이 아니라 '덕분'에 사람을 만나지 않아서 좋다는 사람들 편에서 글을 쓰고 싶다. '인싸'와 '사회성 좋은 사람'에 가려진 내향성의 개인주의자들이 드디어 눈치 보지 않고 기지개를 펴는 시대를 마주하여 반갑다. '사람 디톡스(Detox)'라고 하면 조용히 고개를 끄덕이는 사람들이 있으리라. 이들은 요란하게 목소리를 내지 않기 때문에 더욱 대변인이고 싶다. 세상은 코로나19로 단절된 사회적 관계에 집중하지만, 그 이면의 이야기에는 잘 귀 기울이지 않기 때문이다.

코로나19의 순기능 중 하나는 불필요한 만남의 차단이다. 만나지 않고 싶지만 만나야만 하는 불행이 얼마나 큰 스트레스와 정신적인 문제를 가져오는지 생각하면, 코로나19는 라이프스타일을 전환하여 일시적이나마 숨통을 터주었다. 사회가 기대하는 사회적 자아의 페르소나를 비활성화시켜도 비난받거나 어쩐지 죄책감을 느끼지 않아도 될 여지가 생긴 것이다. 자는 것이 가장 행복하다는 사람들은 마지막 한 방울까지 쥐어짜는 사회가 생성한 무기력증과 상처의 증거일지도 모른다.

이 시대를 통과하며 사람들이 깨닫게 된 바는 인생에는 많은 사람이 필요하지 않다는 사실이다. 나와 가장 친한 친구는 내 자신이며, 가까운 가족 혹은 연인과 감사와 존경의 마음으로 서로 보듬고 존중하며 살아간다면 세상은 그로 충분하다. 또한 반려동물, 반려식물 등 삶을 함께 나누어야 할 대상은 더 이상 인간이 아니어도 좋다. 인간은 사회적 동물이라기보다는 혼자서 자신과 잘 지내는 방법을 터득해야 하는 동물이다.

삶에서 중요한 소수의 대상에게만 집중하니 인생이 잔잔하고 평화로워진다는 사람들이 늘고 있다. 내가 지키고 싶은 일상과 가치를 돌보며 그만큼 주변을 다정하고 섬세하게 바라보는 여유가 좋다. 스치는 사람들은 예의를 갖추되 상대가 나를 여기는 정도만큼 대하기로 했다. '적당히 거리두기'에 맞추어 기술과 경제, 사회문화도 그만큼 변화하고 있다. 삶의 중심을 다잡고 신체와 정신의 균형을 찾는 일이 코로나19 덕분인 것은 유감이다. 하지만 이런 태도를 지닌 사람들이 많아질수록 '혼자 또 함께'하는 삶이 가능하다. 그 모습은 좀 더 유연하지 않을까?

무언가 하지 않을 자유를 지닌 예술인의 무인도

그러고 보면 나는 어딘가에 속하는 것이 어울리지 않는 사람이다. 무신론자에 정치 성향은 늘 중도였고, 조직 시스템에서 부품으로 일하는 것을 꺼려했다. 서로 다른 개인이 존재할 뿐 '선배 후배', '멘토 멘티'라는 단어도 께름칙하다. 집단에 소속되어 두터운 동질감과 연

스스로 무인도를 만드는 사람

대의식으로 으쌰으쌰 하는 것도 나와 맞지 않다. 나는 경계에 있는 것이 좋다.

또한 드러내기에 혈안이 된 시대에 드러내지 않고 싶다. 어떻게 하면 압도적인 SNS와 영상 콘텐츠의 메가트렌드(megatrend)에서 빗겨나서도 존재할 수 있을까 생각한다. 한 걸음 뒤에서 사람들의 세계를 바라보면 나만큼은 그를 단념하고 다른 세계로 진입하고픈 마음이다. 이렇게 써놓고 어느 날 그 구역의 미친 자가 되어 있을지도 모르지만, 아이러니한 것은 과거 어느 시점에 PR 업무를 하며 남의 것은 열과 성을 다해서 홍보했다는 점이다.

나는 바깥을 향하되 오직 나에게만 속하고 싶다. 어릴 때부터 글, 음악, 춤, 미술이 없다면 내가 아니었지만, 처음부터 예술계에서 일하지 않았다. 재미와 호기심, 자유를 탐미하는 성향이 돌고 돌아 결국엔 예술 비스무리한 것에 닿고 그 안에 머물도록 이끌었다. 지난날은 나를 나답게 하며 살기 위한 처절한 과정이었다. 이렇게 부딪히고 저렇게 깨지는 길에서 그럼에도 불구하고 생생하게 반짝이 환희의 날들을 이루 다 설명할 길이 없다.

나의 20대 전반에 흐른 가치는 '자율성'과 '자유의지'였다. 온전히 내 뜻대로 시간을 계획하고 삶의 내용물을 디자인하며 자신을 경영하는 일에 커다란 즐거움을 느꼈다. 어디까지 할 수 있는지 시험하고 싶어서 매번 새로운 목표를 설정하고 모든 역량을 쏟아부으며 만족할 만한 결과를 향한 미친 삶이었다. 도달하려는 만큼 좋은 방향으로 나아가는 희열감에 무던히도 열심히 살았다. 후회와 미련이 싫어서 그런 것을 남기지 않았다.

　나의 30대는 이상과 현실 사이에 괴리가 있으며, 그것이 인간을 얼마나 불행하게 하는지 깨닫게 된 나날이었다. 세상은 결코 만만하지 않고 상식과 합리는 바늘 찾기이며, 사회 구석구석 얼마나 엉망진창인지 구체적으로 알게 되었다. 나는 퍽이나 순진했다. 그러나 환멸의 시간들이 있었기에 이제는 눈을 감고도 낱낱이 파악할 수 있게 되었다. 그것은 어떤 가능성이 보일 때마다 주저하거나 계산하지 않고 겁 없이 도전하였기에 가능한 일이라고 생각한다.

　이제 프리랜서로 일한 지 5년 차가 되었고, 그 사이 중요한 가치가 바뀌었다. '자유의지'보다는 '무언가 하지 않을 자유(free unwill)'—(그 어떤 좋은 조건이라도) 재미없으면 하지 않고, 하고 싶지 않으면 하지 않는—를 업고 가는 삶이다. 스스로 만든 무인도에서 수입은 매년 안개 속을 왔다 갔다 하지만 이상하리만큼 잘 살고 있다는 신기한 느낌을 받는다. 삶에서 추구하고 싶은 가치를 중심으로 가지치기하니, 나에게 중요한 것만 남았다.

　언제나 새로워지고 싶은 욕망은 예술인의 무인도에서 탁월해진다. 선을 새로 긋고 넘고 지워보며 씩씩하게 나를 부숴나가고 싶다. 어디로 튈지 모르는 명랑한 나, 하고 싶은 프로젝트가 계속 이어지는 내가 좋다. 예술은 도달할 수 없는 이상을 기획하는 일이고 늘 하고 있지만 늘 끝없는 무언가를 견디는 삶이다. 마음에 깃든 질문을 집요하게 물고 늘어지며 나만의 무인도에서 광대한 세계를 탐구하는 운명이 마음에 든다. 무엇이든 나와 닮은 모습으로 선택하고 책임지는

스스로 무인도를 만드는 사람

삶을 살련다. 아, 예술인의 무인도에서 생긴 대로 살아서 좋다.

과연 스스로 만든 자발적 무인도가 낙원이다. 온전한 안녕을 채우는 일은 그 누가 아니라 자신이라는 것을 안다. 나는 아직 제대로 한 것이 없다. 이제야 조금 알 것 같으니 다시 용기 내어 시작이다. 곧 맞이할 40대는 두 번째 20대로 살련다. 기왕 사는 김에 그때보다 현명하고 건강하게 아름다워지기를 바란다. 여전히 누군가의 서걱대는 슬픔을 알아채고 그의 손을 잡아주면서. 그것이 내 자신에 대한 예의이자 정성이고 사랑이다.

유려한

글 쓰는 작가, 문화예술기획자, 교육자, 연구자이다. 2017년부터 'Hush Festival 조용한 축제'를 비롯하여 다수의 예술 프로젝트를 꾸려왔다. 자기소개는 늘 어렵고 곤란하다. 요약되지 않는 삶을 살아왔으며, 앞으로도 그럴 것이다. 더 깊은 곳에서 발랄하게, 괜찮은 모험을 하면서. 저서로는 『촉각, 그 소외된 감각의 반격』, 『치유하는 자연예술기행』 등이 있다. SNS에 정 없는 이메일 성애자로, 최근 계정 하나 열어두고 홍보는 게으르다. @decentventure21

두 개의 섬

엄관용 ✳ 더가능연구소 기획자

없어진[無] 사람들

어린 시절 책을 많이 읽었다. 가장 좋아하는 장르는 위인전이었다. 책은 올곧이 사실을 담고 있다고 믿었던지라 역사에 대한 앎도 위인전에 기초해서 마련되었다. 어린 시절 존경할 만한 사람들이 정말 많았다. 몇천 년이든, 몇백 년 먼저 태어난 위인들이 수두룩했으니, 어린 시절 존경할 만한 선생님 혹은 선배가 많을 수밖에 없었다. 반면 청소년기, 청년기, 중년기를 지나면서 실제 삶에서 존경할 만한 선생님과 선배를 찾기는 정말 어려웠다. 친하게 지내는 경우는 많았지만, 존경할 만한 사람은 발견하지 못했다.

인생의 첫 번째 경작기라 할 수 있는 20~30대는 초반에 계획했던 애초 목표도, 이후 선택에 따른 수정 목표도 달성하지 못했으니 당연히 실패했다. 박사학위를 받지 못했고, 손을 대는 사업은 연달아 실패했으며, 어려운 시기에 만나는 거의 모든 사람은 사기꾼이거나 무책임했고, 종국에는 신용회복을 하는 나락에 떨어졌다. 당연히 첫 번째 경작으로 수확한 작물의 소출량은 적을 수밖에 없었고, 그나마 누군가에 판매할 만한 상품을 만들 엄두는 내어보지도 못했다.

간혹 이런 생각을 했다. 선택의 폭이 좁았을 때, 그리고 선택의 폭이 매우 넓었을 때조차 내 옆에 삶의 방향을 상담해줄 수 있는 선생님 혹은 선배가 있었다면 얼마나 좋았을까? 어려운 선택의 시기가 닥쳤을 때 핸드폰에 등록된 수많은 이름 중에 통화 버튼을 누를 만한 사람은 정말 없었다. 핸드폰의 주소록 리스트를 가나다순으로 읽고 내린 결론이었다. 인생의 선택은 스스로 하는 것이라지만, 없어도 너무 없었다. 나에게 실질적으로 힘이 되어준 사람이 거의 대체로 후배들이었다는 점은 돌이켜보면 매우 당혹스러운 일이었다.

개인사가 척박해서 그럴까? 지금 내게 각인되고 기억되는 선생 혹은 선배라는 부류는 대체로 이런 사람들이다. 초등, 중등, 고등학교 시절 개인적 감정을 다스리지 못하고 막말과 폭력을 일상으로 행했던 학교의 선생님들. 후배에게 시킨 노동의 대가를 법인카드를 통해 밥 한 끼로 때우며 들어갈 때와 나올 때가 달랐던 선배님들. 학문적 역량에 대비하여 사람에 대한 기본 예의는 갖추지 못한 교수님들. 자신이 떠안아야 할 문제를 아랫사람에게 넘기고 책임을 회피하는 비겁하고 영악한 윗사람들. 내가 천성적으로 매우 모난 돌이라는 점은 부인할 수 없다. 이러한 유사한 경험의 반복은 나의 천성적 성향에 버무려져 20~30대 시절 흔한 롤 모델 혹은 멘토 한 명 만나지 못하게 만들었다. 수백 명의 위인을 가슴에 품었던 10대 소년은 속 깊은 이야기 한번 나눠볼 만한 윗사람 하나 없이 40대 중년의 길에 접어들게 되었다.

생겨난 사람들[시]

40대에 접어든 직후 전혀 생각해본 적 없는 새로운 일을 하게 되었다. 그곳에서 2016년 2월부터 2020년 12월까지 일했다. 성인 이후 대학원 시절을 제하고 어떤 조직에서 5년 가까이 소속된 바 없으니, 부끄럽지만 가장 긴 시간 동안 적을 둔 곳이다. 이곳은 우리 사회의 문제를 시민의 힘을 통해 새로운 방식으로 해결하고자 하는 사회 혁신가들이 다수 입주하는 거대 클러스터 공간이다. 나는 이곳에 모인 150여 개 입주단체를 지원하고 공간을 관리하는 중간지원조직의 일원으로 함께했다. 삶의 궤적에서 이 공간에 모이는 사람들과의 접점은 최초로 나를 이곳에 연결해준 한 명을 제외하고는 없었다.

천여 명의 사람들이 모여 있는 곳이지만 기존에 맺었던 모든 인적 관계와 완전히 단절된 곳, 기존에 공부하고 알았던 지식이 사실상 도움이 되지 않는 곳, 사람들이 사용하는 언어와 삶의 태도까지 완전히 다른 이곳에서 나는 완전한 이방인이었다. 완전한 이방인이라는 새로운 조건으로 인해 심리적으로는 가장 편한 상태가 되었다. 과거와의 단절, 기존 물적 관계와의 거리 두기는 어색함과 낯섦보다는 묘한 안락함을 주었다. 삶의 발자국을 이어가고 싶은 사람이 아니라 어떻게든 완전한 탈출을 원했던 사람에게는 더할 나위 없는 기회였다.

이방인은 완전히 새롭게 시작했다. 기존의 지식, 습성, 관행, 관계는 철저하게 무시했다. 일체의 개인적 선입견 없이 백지상태에서 시작했다. 이곳에서 처음 만나는 사람들을 중심으로 새로운 관계를 만들기 시작했다. 사업을 준비할 때는 기획하지 않고 먼저 날짜를 정한 후 역순으로 접근했다. 조직의 동료 직원보다는 조직이 지원해야 하는 입주단체 관계자들과의 소통을 우선했다. 사업의 과정에서 입주단체의 참여를 최대 성과 지표로 삼았다. 이를 위해 사업의 시작부터 입주단체의 의견 반영을 최우선으로 했다. 이 바닥의 저명한 사람들을 활용하지 않고 현장의 활동가를 중심에 놓았다. 대다수가 만나기를 회피하는 지역의 사람들과 계속 만났다. 당시 서울시 관계자에게는 많이 미안하지만, 사업비를 지원하는 서울시의 눈을 피해 연말에 남는 사업비를 탈탈 터는 무리한 예산 전용으로 열악한 시설 정비에 집중했다. 대부분의 민원은 직접 만나서 처리했다. 함께 일하는 동료들의 눈에 이쪽 동네의 기존 관행과 완전히 다른 방식으로 일을 하는 사람이 매우 불편했을 법하다. 그래서 원칙이 없는 사람이라는 꼬리표가 늘 붙어 다녔다.

2020년 말, 5년 동안 일했던 공간을 떠났다. 운영법인이 교체되어 협업, 공간, 시설 업무를 총괄하는 사람으로서 탈출을 선택했다. 앨버트 허시먼(Hirschman, Albert O.)이라는 저명한 정치경제학자가 있다. 그는 조직의 성공과 실패를 개인과 집단이 선택하는 탈출

(Exit), 저항(Voice), 충성(Loyalty)의 옵션으로 설명한 바 있다. 20~30대 시절 나의 선택이 대체로 강요된 체념 혹은 극단적 분노에 의한 탈출에 가까웠다면, 최근의 선택은 미래를 위한 긍정적이고 자발적인 탈출이었다. 과거의 탈출이 사람을 지우는 탈출이었다면, 지금의 탈출은 사람을 남긴 탈출이기 때문이다. 이렇게 과거와 단절한 5년의 삶 동안 그전 20년 동안 만나보지 못했던 새로운 선생님과 선배들이 너무 많아졌다. 감히 존경한다고 말할 수 있는 부류의 사람들이 말이다.

두 개의 섬[島]

이렇게 나의 삶에서 무인도(無人島)는 두 번 찾아왔다. 젊은 시절 반복적 선택이 경로의존 되어 인적 관계를 지우면서 모든 사람이 없어진 첫 번째 섬. 그리고 과거와 완전히 단절되어 인적 관계를 새롭게 시작해야 했던 두 번째 섬. 첫 번째 섬은 다시는 경험하지 않았으면 하는 공간으로, 두 번째 섬은 새로운 가능성을 열어준 공간으로 기억되고 있다. 이 글을 쓰고 있는 지금까지도 이렇게 기억을 소환하고 있는 나를 발견한다.

그런데 첫 번째 섬에 왜 갇혔을까? 지금까지 소환된 기억은 이렇다. 모가 난 반골 기질 형성은 어린 시절 선생님들의 탓이다. 박사학위를 받지 못한 학업 중단은 교수님들과 선배들의 탓이다. 신용회복이라는 경제적 나락은 사기꾼들과 무책임한 윗사람들의 탓이다.

그때 그 사람들을 만나지 않았다면 완전히 다른 삶을 살았을 것을 하고 말이다. 이렇게 과거의 선택에 대한 기억에서 나의 책임은 실종되어 있다.

기실 이렇게 기억함으로써 그동안 다소 편하게 지낼 수 있었다. 그때 그 일은 내 책임이 아니라는 망각의 최면 효과 때문이다. "세상에 존경할 만한 사람은 말할 것도 없고, 믿을 만한 사람 한 명 없어"라고 단언하면서 말이다. 아마도 그 시절 이러한 자기합리화로 모든 관계를 극단적으로 단절시키는 선택을 할 수 있었나 보다. 삶의 방향을 함께 이야기할 선배가 실제로 없었던 것이 아니라, 없었다고 생각하는 편이 책임 회피의 가장 손쉬운 방법이었을 테니 말이다.

돌아보면서 고백하건대 완전한 나락으로 떨어진 일련의 과정은 기실 나의 선택이었다. 그때 일련의 선택 과정에서 나를 둘러싸고 있었던 많은 선생님과 선배들에게 조언을 구하지 않은 것 역시 나의 선택이었다. 스스로 관계를 단절시키고 첫 번째 섬에 스스로 유폐시키고 나서야 사후적으로 남 탓을 하고 면죄부를 준 셈이다. 그리고 두 번째 섬에서 악으로 깡으로 자존감을 회복하려 홀로 발버둥 쳤다는 것이 사실에 부합한다. 첫 번째 섬에 유폐되기 전에는 두 번째 섬에서 그랬던 만큼 전력을 다해 노력하지 않았다. 두 번째 섬에서 첫 번째 섬에 유폐되기 이전의 관계를 소중하게 이어 나갔다면 그렇게 힘을 들여 일하지 않았어도 더 만족스러운 성과를 얻었을 법하다. 오랫동안 인정하고 싶지 않았던 너무나 자명한 진실을 이제야 고백하니 무척이나 부끄럽다.

엄관용

2021년 이제 작은 연구소에서 새롭게 시작한다. 다시는 공부하지 않겠다고 세상과 절연하고 지냈는데 돌고 돌아 다시 연구소다. 이제 당연히 무인도가 아니다. 내가 지워서 없어졌다고 생각했으나 실상 항상 옆에 있었던 사람들과 다시 함께하고, 새롭게 생겨난 사람들과의 인연이 소중한 사회적 자산이 되었으니 말이다. 기실 그때 그 무인도 역시 나의 상상의 산물에 불과한 것이었을지도 모른다.

엄관용
대학과 대학원에서 정치학을 공부했다. '서울혁신파크' 기반증강실장을 거쳐, 청년, 로컬, 자치, 제4섹터를 연구하는 '더가능연구소' 기획실장으로 있다.

세상의 거의 모든 순간

이현호 ✳ 시인

무인점포가 또 생겼다. 올해만 벌써 세 번째다. 삼 년 전쯤 이사를 왔을 때는 빨래방 하나가 있었다. 작년에 아이스크림 가게가 들어섰고, 요 몇 달 새 과일, 건어물, 고기 밀키트를 파는 가게가 연달아 문을 열었다. 모두 늘 오고 가는 생활 반경 오백 미터 이내다.

웬만한 것은 스마트폰으로 다 처리되고, 어디든 내비게이션이 길을 척척 알려주는 시대에 무인점포가 새삼스럽지는 않다. 점포 무인화는 시대의 추이고, (가본 적은 없지만) 가까운 일본만 해도 우리나라에 비해 무인점포가 널리 퍼져 있다고 들었다. 원래 그렇게 되어가던 일이 코로나19로 인해 비대면이 강조되면서 진행이 조금 더 빨라진 것인지도 모르겠다.

며칠 전 늦은 밤에 잠시 산책을 나갔다가 고기 밀키트를 파는 무인점포에 들렀다. 24시간 영업을 하는 곳답게 어둠을 쫓는 불빛이 환했다. 문 앞에는 그 빛에 유혹된 온갖 불나방과 하루살이가 개업 축하를 하듯 모여 파닥거리고 있었다. 어찌어찌 문을 열고 들어간 가게는 조금 휑했다. 냉장고 두 대와 계산대 그리고 한 어르신이 쭈뼛쭈뼛 서 있을 뿐이었다.

에헴, 여기는 무엇을 파는 가게인고. 나는 간섭하기 좋아하는 오지랖 넓은 사람처럼 고개를 쭉 빼고 냉장고 안을 들여다봤다. 조리되지 않은 고기와 쌈 채소 들이 낱낱의 밀키트로 깔끔히 포장되어 있었다. 사람이 모일 수도 없고, 모인다한들 이 시간까지 여는 가게도 없는 요즘. 집에 있다가 불쑥 구운 고기가 먹고 싶어지면 이곳을 찾을 만했다. 마트 진열대를 이리저리 기웃거릴 필요 없이 밀키트 하나만 사면 그만인 것도 간편해 보였다.

나는 종종 집에서 고기를 구워 먹기 때문에 호기심을 갖고 가게를 둘러봤다. 그러다 뒤를 돌아보니 어르신이 여태 계산대 앞에 서서 어쩔 줄을 몰라 하고 있었다. 일이 잘 안 풀린다는 듯 나지막이 혼잣말을 하며, 손에 든 밀키트를 이리저리 계산대 모니터에 대어보고 있었다. 아무래도 바코드 찍을 곳을 찾지 못해 애를 먹고 있는 모양이었다.

"거기가 아니고, 여기에 갖다 대 보세요." 나는 모니터 아래 놓여 있던 주먹만 한 바코드 스캐너를 손으로 가리켰다. "아니, 이게, 왜, 음⋯." 어르신은 계속 혼잣말을 하면서도, 내 말대로 했다. 삑, 그제야 바코드 찍히는 소리가 났다. 나는 카드 꽂는 데를 찾지 못하는 어르신께 내친걸음으로 결제하는 방법까지 알려드렸다.

이현호

모든 일을 마친 어르신은 밀키트를 품에 안고 가게를 나섰다. 고맙다는 말 한마디해주지 않은 것이 못내 서운했지만, 그것도 잠시. 어르신은 대체 언제부터 이러고 있었던 것일까. 나는 그것이 몹시 궁금했다. 가게 한쪽 벽에는 주인의 연락처와 CCTV가 있었지만, 어르신에게는 아무 도움도 되지 않았다.

"세상, 참…." 나는 깐족거리기 좋아하는 훈수꾼처럼 혼자 재잘거리며 가게를 나왔다. 불빛을 향한 본능에 지칠 대로 지친 불나방과 하루살이들이 보도블록 위에서 맴을 돌고 있었다. 새벽을 향해 가는 거리에는 인적이 없었는데, 문득 익숙할 대로 익숙한 동네의 모습이 영화에서나 보던 종말 이후의 세계처럼 다가왔다.

인류가 멸망하고, 혼자 남은 주인공. 자신이 최후의 인류는 아닌지 불안해하며, 그럼에도 희망을 놓지 않고 타인의 흔적을 찾아 헤매는 한 사람. 괜하고 과한 상상이지만, 어쩐지 어르신은 그런 영화 속 인물처럼 홀로 고기를 구워 먹고 있지는 않을까. 또 누군가는 창문으로 들어오는 고기 굽는 냄새에 잠을 뒤척일지도 모를 일이었다. 그래도 그 냄새는 어딘가에 다른 사람이 살고 있음을 말해주겠지.

이런 상념에 빠져 걷고 있는데, 자동차 한 대가 내 옆을 빠르게 스치고 지나갔다. 그러고는 곧 저 앞의 붉은 신호에 걸려 멈춰 섰다. 신호등만 없었더라면 차는 단숨에 목적지까지 달려갔을 터였다. 다른 차량은 없는 텅 빈 차도에 홀로 후미등을 켠 채 녹색 신호가 떨어지기만을 기다리는 자동차 한 대. 어째서 그 광경이 무인도에 떨어진 조난자의 모습과 겹쳐 보였을까. 어렵게 피운 모닥불 곁에 앉아 뜬눈으로 밤의 수평선을 지켜보는 한 사람. 혹여 선박의 불빛을 놓칠세라 모닥불이 꺼져 그들이 나를 보지 못할세라 잠들지 못하는.

집에 돌아온 나는 어딘가 씁쓸했고, 그런 스스로가 이상했다. 고작 무인점포에 다녀왔다고 이렇게 감상에 빠지다니. 어차피 방에 틀어박혀 사람을 거의 만나지도 않으면서. 무인점포나 내 방이나 뭐가 그렇게 다르다고. 널리고 널린 것이 자판기 아닌가. 동주민센터 무인민원발급기나 도서관 무인도서반납기나 셀프주유소를 이용하면서도 편해서 좋다고 생각했으면서.

나는 무엇을 서운해하는 것일까. 언젠가는 단골집 사장님과 안부를 주고받는 일도, 서비스를 받는 일도 사라지리라는 것. 글을 못 쓰게 되었을 때 내가 취직할 곳이 없으리라는 것. 오늘 본 어르신이 훗날 내 모습이라는 것. 곧 드론이 모든 것을 배달하는 시대가 오고, 결국 인공지능이 인류를 지배할지도 모른다는 것. 이런 공상 속에서 나는 아직 오지 않은 미래가 벌써 아쉬웠고, 두려웠다.

나는 곧 고개를 가로저으며, 머릿속 태엽을 멈췄다. 내게는 무인점포가 우리 미래에 어떤 시사점이 되는지를 사유하고 떠들 깜냥이 없다. 이런 문제라면 훌륭한 인문학자들이 고찰하고, 대안도 제시하겠지. 내 주제에는 (웃기지도 않은 소리지만) 예전 사극 드라마 〈무인시대(武人時代)〉를 패러디해서 「무인시대(無人時代)」라는 글이나마 쓰는 것이 어울린다. 왜 쓸데없는 고민을 하는지 원.

잠시 방 안을 서성였던 나는 털썩 침대에 몸을 던졌다. 며칠 동안 그치지 않은 비 때문에 창문을 죄다 닫아놓은 새벽의 방은 더없이 적요했다. 포스트 아포칼립스 영화를 너무 떠올린 탓일까. 내 숨소리 말고는 인기척이 없는 방이 꼭 무인도 같았다. 침대가 난파선의 파편처럼 느껴지고, 나는 그 조각에 몸을 맡긴 채 표류하다가 아무도 살지 않는 섬에 도착한 듯했다.

어찌 보면 방은 그 자체로 무인도일지 모른다. 적어도 내 방은 그렇다. 빛과 어둠만이 밀물과 썰물처럼 드나드는 곳. 내 발자국만이 찍혀 있는 해변처럼 나의 체취만이 떠도는 곳. 오지 않는 구조선을 기다리듯 울리지 않는 스마트폰을 망망연히 바라다보는 곳. 섬에서 채집과 낚시와 사냥으로 힘들게 음식을 마련하듯 버거운 삶의 가계부를 정리하는 곳. 타인의 인기척이 그리운 곳. 홀로 잠들며 그 사람의 안부를 궁금해하고, 꿈속에서 그이의 얼굴을 더듬는 곳.

그러나 혼자 있는 방은 빈방이 아니다. 나라는 인간이 있으니까. 책이나 텔레비전 프로그램 제목 따위에 '무인도에서 살아남기'라는 말을 곧잘 쓰는데 여기에는 어폐가 있다. 무인도는 내가 발을 디디는 순간 더 이상 무인도가 아니다. 내가 있는데, 왜 무인도인가. 그럼에도 우리가 '무인도에서 살아남기'라는 말을 어색하게 여기지 않는 이유는 뭘까. 마음속 깊이, 홀로 있는 것은 무인(無人)과 마찬가지라고 느끼는 것일까. 그렇다면 그 어르신이 혼자 있는 동안 그곳은 유인점포였을까 무인점포였을까.

나는 침대에서 일어나 창문을 열었다. 오랫동안 닫혀 있던 창이 열리자, 서늘한 밤바람과 함께 아마 귀뚜라미일 풀벌레 울음소리가 안으로 들이닥쳤다. 창문 아래로 누군가 지나가며 술에 취한 듯 흥얼거리는 노랫소리도 들려왔다. 방이 무인도라면 창문은 뗏목쯤 될까. 내가 방 밖의 세상을 볼 수 있는 통로이자 바깥소식이 들어오는 창구. 창은 나룻배처럼 방과 바깥을 오가며, 나와 세상을 이어주고 있었다. 나는 다시 침대에 누워 창을 타고 넘어오는 세상의 온갖 소리와 냄새를 느꼈다.

그러고 생각했다. 여기가 무인도라면, 내가 무인도에 떨어진다면 무엇이 필요할까. 나라면 그곳에 무엇을 가져갈까. 칼? 우리 조상이 그랬듯이 뗀석기와 간석기로 대체할 수 있지 않을까. 플래시? 유용하기는 하겠지만, 배터리가 다 되면 돌멩이나 다름없지. 뗏목을 만들어 탈출해야 하니까, 밧줄? 식물 줄기나 나무껍질을 꼬아 만들 수 있을지도. 넓은 잎사귀만 있으면 마실 물도 어찌어찌 마련할 수 있을 것 같고. 무료함이 가장 끔찍할지 모르니 읽어도 읽어도 질리지 않을 책을 가져갈까. 백과사전이나 『모비딕』처럼 두꺼운 책이 좋을까. 그런데 책은 아무리 다시 보아도 닳지 않고 물리지 않는, 추억으로 대신할 수 있지 않을까.

상념 속에서 무인도와 책이 연결되면서 갑자기 내가 썼던 시(詩) 한 편이 떠올랐다. 2년 전쯤인가 쓴 것인데, 아직 어느 시집에도 수록된 적이 없고, 유일하게 '무인도'라는 단어가 들어 있는 시였다. 제목은 「세상의 거의 모든 순간」. 그 시는 이렇게 시작해서, 이렇게 끝난다.

이현호

나침반처럼 언제나 한곳을 가리키는 것이다

이쪽 끝과 저쪽 끝에 너와 내가 있고

그 끝에 서면 뱅글뱅글 나침반이 돌기만 하는 극점이

멀리서만 어디로 갈지 알 수 있는 마음이 있는 것이다

두 갈래 물줄기가 있는 것이다

숨을 쉬러 수면으로 올라온 수염고래의 그것 같은

분수처럼 흩어지고 무지개를 그리기도 했던 기억이

언제 큰 고래가 지나갔냐는 듯 잔잔한 파도가 있는 것이다

마음 가장 깊은 곳에 침몰해 있던 기억이

신원 미상의 사체가 되어 해변으로 떠밀려오는 것이다

사람을 잃고 표류하는 튜브를

먼바다의 어부는 건져 올리기도 하는 것이다

(중략)

내가 작은 무인도였을 때

너는 닿을 수 없이 머나먼 바다

그 바다에 살던 한 마리 물고기가 길을 잃고

우연히 나의 해안에 닿았었던 것이다

세상의 거의 모든 순간

이 시를 쓸 때 나는 어떤 마음이었을까. 몇 번이나 되뇌어봤지만, 「세상의 거의 모든 순간」은 내 것이 아니라 다른 사람의 작품 같았다. 내가 시를 쓰던 순간이 닿지 못할 무인도처럼 막막했다. 그곳을 한때 유인도(有人島)로 만들었던 사람의 흔적도 희미했다.

정현종 시인의 유명하고도 짧은 시 「섬」은 "사람들 사이에 섬이 있다 / 그 섬에 가고 싶다"라고 하는데, 여기서 '사람들'은 나와 타인만이 아니라 과거의 나와 오늘의 나에게도 해당되는 듯싶었다. 내가 살아온 세상의 거의 모든 순간은 이제 드문드문 떠오를 뿐인 옛 기억으로, 무인도로 이루어진 열도(列島)로 남아 있었다.

이미 흘러가버린 내 마음을 헤집다보니 그래도 한 가지 분명해지는 것은 있었다. 무인도에 가져갈 것. 사실 내가 무인도에 갇히는 일 자체가 벌어질 가능성이 거의 없는 말도 안 되는 상황이니, 그곳에 가져갈 물건도 말이 안 되는 것으로 골라도 되겠지.

이를테면 사람의 눈빛이나 온기, 귓속말. 혹은 몇 번이라도 대답해주고 싶은 당신의 혼잣말 같은 것들. 또 우연히 나의 무인도에 닿을지 모를 무언가를 위해 따뜻하게 데워놓은 마음, 아무도 살지 않지만 무인도는 아닌 마음 같은 것.

이현호
시집 『라이터 좀 빌립시다』, 『아름다웠던 사람의 이름은 혼자』와 산문집 『방밖에 없는 사람, 방 밖에 없는 사람』을 펴냈다. 하루의 대부분을 방에서 고양이 두 분과 보낸다. 누가누가 더 오래오래 누워 있나 내기라도 하는 듯이.

이현호

플라스틱 아일랜드

이태형 ✳ 소설가

동해안에 섬이 생겼다. 수평선에 걸친 신비로운 섬이었다. 평소에는 투명하다가 해가 뜰 때 빛을 받으면 다양한 색이 반사되는 투명한 스테인드글라스 같았다. 하지만 대부분의 사람들은 거기에 무슨 섬이 있냐고, 아무리 손가락으로 가리켜도 섬을 보지 못했다.

어부들은 물론이고, 해안 경계를 서는 군인들도 거기에 섬이 있다는 것을 의식하지 않았다. 섬이라기에는 너무 납작했기 때문일까. 어쩌면 사람마다 섬에 대한 기준이 달랐던 것일지도 모르겠다. 사람들의 관심 또는 무관심과는 상관없이 섬은 조금씩 넓어졌다. 처음에는 단지 점이었을지 모를. 점일 때 누군가 그 섬을 발견했을지도 모르지만, 그때는 섬이라 부르기 힘들었을 것이다. 아니면 당신이 바다에 던진 어떤 씨앗이 섬으로 자라났을지 모를 일이다.

섬이 충분히 커지고 나서도 태양이 뜰 때만 빛나는 단지 그 무엇이었을 뿐이다. 그것이 무엇인지 신경 쓰는 사람은 없었다.

　오징어 배 한 척이 돌아오지 않았다. 사고 신고나 구조 신호도 없이 배가 사라지는 것은 흔한 일이 아니었다. 일부에서는 월북한 거 아니냐는 소문도 돌았다. 하지만 그 밝은 집어등을 켜고 많은 인원이 월북을 할 이유를 찾는 것보다 차라리 동해안에서 해적을 만날 확률이 더 높을 것이다. 배는 말 그대로 갑자기 사라졌다. 많은 소문이 돌았지만, 시청이나 군대 해경 또는 해양수산부 등 어떤 기관에서도 공식적인 발표는 없었다.

　어선의 실종은 지역 주민들 사이에서는 꽤나 큰 사고였지만 그리 큰 이슈가 되진 못했다. 지역 뉴스에만 몇 번 언급되었을 뿐이었다. 결국 그 사건은 주민들 사이에서도 점차 잊히고 어업에 종사하는 사람들이나 실종된 선원의 가족에게만 중요한 미제 사건으로 남았다.

　다만 그 사건에는 사람들이 기억하지 못하는 목격자가 있었다. 목격자에 따르면, 아니 먼저 목격자에 대해 말해보자.

　해안가를 따라 단구절벽이 이어졌다. 해안단구와 단구 사이에는 백사장이 펼쳐져 있었는데, 드문드문 작은 규모의 항구가 있었다. 백사장에서 해안단구가 이어지는 지점에는 완만한 경사를 이룬 곳도 있었지만 대부분은 극단적인 절벽이 형성되어 있었다. 간혹 절벽 위로 올라갈 수 있는 산책로가 있는 경우도 있었다. 빈말로도 어렵지 않게 오를 수 있다고 할 수 없는 산책로였지만, 절벽 위에 오르면 바

이태형

다가 한눈에 들어와 온몸으로 바다를 느낄 수 있었다. 섬들이 수평선을 가리는 서해나 남해와는 다른 풍경이었다. 다만 출입이 자유롭거나 관광지로 사용하는 곳은 드물었는데, 대부분 단구 아래쪽으로 철책이 설치되어 있었고, 해안경비대가 주둔하고 있었다. 주민들 모두 그곳에 있다는 것을 알고 있지만 아무도 신경 쓰지 않는 시설이었다. 관광객들은 해수욕장 바로 옆에 군부대가 주둔하고 있다는 사실을 거의 모르고 있었다. 그들이 부러움에 가득 찬 시선으로 자신을 보고 있을 수도 있다는 것은 상상도 못했다. 그 절벽들은 바다 반대쪽 경사면에 달동네가 형성된 곳도 많았다. 물론 달동네라고는 해도 전국에서 인구밀도가 가장 낮은 지역답게 집의 거리는 드문드문 떨어져 있었다.

그중 한 곳의 절벽 꼭대기에 우리의 목격자인 노인이 살고 있었다.

여기까지만 들어보면 해안절벽 정상에 별장을 짓고 자발적 고립을 선택한 어떤 고고한 사람을 상상할지도 모르겠다. 정상에서 해풍을 그대로 맞고 있는 집은 지금까지 버티고 있는 것이 신기했다. 이제는 문화재로 지정해 따로 관리하는 곳이 아니라면 보기 힘든 흙으로 벽을 만들고 나무를 지붕에 얹은 굴피집이었다. 지금까지 여름마다 올라오는 태풍을 견딘 것이 신기할 정도였다. 가장 큰 고비는 매미가 왔을 때 아니었을까. 애초에 제정신인 사람이라면 이런 장소에 집을 지을 생각을 하진 않을 것이다. 해안 반대쪽 경사에 위치한 집들처럼 최소한 바닷바람을 정면에서 맞서려는 생각을 하진 않았을 것이다. 지구상의 빙하가 모두 녹아 주위가 모두 잠겨도 피해를 입지 않을 곳을 고른 것일까. 만약 그렇다면 내륙에 분명 더 좋은 장소가 많았을 것이다. 하지만 한 가지 확실한 것은 본디 하천이었던 시가지가 다시 물이 가득 차 잠기더라도 이 장소는 섬처럼 육지로 남아 있을 게 분명했다.

노인의 집에서 해안 쪽으로는 사람이 내려갈 수 없을 정도로 수직으로 떨어지는 경사였지만, 내륙 쪽으로는 비교적 완만한 경사를 이루고 있었다. 중턱에 네댓 가구가 조금씩 거리를 두고 이웃해 있었다. 적어도 그 집들이 있는 곳까지는 차가 올라올 수 있는 포장도로가 있었는데, 거기서부터 노인의 집까지는 길이라고 불러야 할지 확신이 들지 않는 오솔길 하나만 있었다. 오솔길을 따라 좌우로 벌통들이 아무렇게나 줄지어 있었다. 형식적으로 아카시아 나무가 몇 그루 있었다. 하지만 정작 벌들은 들꽃에서 시간을 더 오래 보내는 것으로 보였다. 노인은 양봉으로 생계를 이어가고 있었다. 노인의 집에는 담도 없었고, 문을 잠그지도 않았다. 하지만 벌 때문에 그 오솔길을 오르는 사람은 없었다. 물론 낡은 집을 보고 무엇인가를 훔칠 생각을 하는 사람도 없을 것이다.

아랫동네 사람들은 시에 몇 번이나 민원을 넣었다. 집에서 조금만 올라가면 볼 수 있는 풍경을 보러갈 수 없다는 것이 하나였고, 그보다 진짜 문제는 벌똥이었다. 겨울 외에는 집과 온 농기구 그리고 자동차까지 벌똥 범벅이 되었다. 특히 봄에 가장 피해가 심각했다.

이태형

잘 닦이지도 않았고 당연히 노인은 어떤 개선이나 책임질 생각도 없었다. 노인은 아주 어렸을 때부터 그곳에 살았으나, 벌통을 놓은 곳은 물론 집이 있는 곳도 노인 소유의 땅은 아니었다. 자신의 땅이 아니기에 땅을 팔고 이사 갈 수도 없었다. 물론 이사 갈 생각이 있을 때의 문제겠지만 말이다. 아마도 노인이 죽고 나면 집을 허물고 그곳에 공원을 지을지도 모르겠다. 하늘 위에 떠 있는 섬 같은 공중정원 말이다.

고립된 생활을 하는 노인이 오징어 배가 사라지는 순간을 보았다는 사실은 어떻게 알려지게 되었을까. 벌꿀을 수확한 노인이 몇 달인가 지나 뒤늦게 내려와 지역 특산품 판매점에 들렀을 때였다. 누가 왜 그 이야기를 시작한 것인지는 알 수 없으나 노인이 먼저 말을 꺼낸 것은 아니었다. 언제나 말없이 꿀을 전달하기만 하고 돌아갔으니 말이다. 그날은 배가 사라진 지 얼마 지나지 않은 날이었기 때문에 그것은 특산품 판매장에서 일하는 사람들의 자연스러운 대화 주제였다.

검은 섬이 한 입에 배를 삼켰어.

노인은 작고 갈라지는 목소리로 말했다. 몇 년이나 노인을 봐온 점원도 노인의 목소리를 처음 들었다. 벙어리가 아닌 것은 알고 있었지만, 노인이 대화에 끼어들지 몰랐기 때문에 점원들은 당황해 어떤 대답을 하지 못했다. 그렇게 뭐라 더 물어보기도 전에 노인은 판매점을 나가 사라졌다.

동해안에 무슨 섬이 있냐고, 노인이 미친 소리를 한다고 생각했다. 점원들은 그 말을 진지하게 듣지 않았고, 주위에 노인을 조롱하는 투까지는 아니었지만 술안주로 그 말을 전했다. 배가 섬에 삼켜졌다는 이야기는 사라지고 노인이 실성했다는 소문만 남았다. 아직까지 높은 곳에 오르지 않으면 섬이 보이지 않았기 때문일까. 어쩌다 절벽 위에 있는 기념 공원에서 바다를 바라본 사람들도 단지 그 부분만 빛에 반사되어 유난히 아름답게 빛나고 있다고만 생각했다. 아이러니하게도 그 면적이 서서히 넓어지면 질수록 더욱 본래 바다의 빛깔처럼 착각하게 되었다.

몇 달이 지나 섬이 점점 커져 항구에서도 보일 정도가 되었다. 섬은 오색자기처럼 빛나기보다는 얼룩덜룩한 곰팡이가 핀 것처럼 징그러웠다. 그게 무엇인지 아는 사람은 없었다. 어선이 진입하면 안 되는 곳이 생겼다는 소문만 뱃사람들 사이에 돌았다. 이유는 정확하게 전해지지 않았다. 노인이 실성했다는 소문은 바다에서 커지는 검은 섬과 연결되지 못했다. 다만 여전히 소수의 사람들은 거기에 섬이 있다는 것을 믿지 않았다.

섬이 바다를 삼키고 있다. 그 무엇도 살 수 없는 부패한 섬이.

처음으로 뒤집어진 곳은 해안경비 부대였다. 어떻게 매일 근무를 서는 애들이 바다에 섬이 생긴 것을 모를 수 있냐고 지휘관이 찾아와 다그쳤다. 상병장들은 동해안에 무슨 섬이 있냐고 되물었고, 일이등병들은 자신들이 처음 배치받았을 때부터 있었기에 당연히 그곳에

이태형

있는 것이라 생각했다고 대답했다. 사실 지휘관 자신도 의식하지 못하고 있던 섬의 출현에 적지 않게 당황한 참이었다. 하지만 그 섬의 존재가 본인들의 작전 책임 범위 안에 있는가에 대해 내부적으로 논의가 이어졌고, 본인들은 해안 경계를 하는 부대이지, 해안 조사를 하는 부대가 아니라는 결론을 내렸다. 그곳에 사람이 보이지 않는 이상 자신들이랑은 상관없는 일이었다.

관련 기관들 모두 각자 우왕좌왕 토론만 하는 사이, 정작 그 섬에 헬기를 파견해 진상을 확인하게 된 것은 시청이나 군경도, 해양수산부나 해양조사원도 아닌 소방헬기였다. 어떤 책임과 절차에 따라 소방헬기가 출동한 것인지는 알 수 없었다. 산이 아닌 바다 위를 날아가는 소방헬기의 모습은 확실히 이질적인 모습이었다. 헬기 조종사도 산이 아닌 바다 위를 날아가는 것은 처음이었다. 전투기는 아니었지만 하늘과 바다를 착각할 수도 있으니 주의가 필요했다. 물론 헬기는 전투기와 달리 뒤집혀서 날 수 없을 것이니 그대로 바다에 추락할 것이다. 수평선을 향해 날아가는 소방헬기는 해수면의 빛이 반사되어 주황색으로 빛났다. 검고 하얀 얼룩에 주황색이 섞이자 무당개구리의 배처럼 거부감이 드는 무늬로 보였다.

그날 소방헬기가 보고 온 것이 무엇인지 공식적으로 발표된 바 없었다. 얼마 후 뒤늦게 해양조사원에서 나와 섬 주변에 부표를 사용해 그물을 둘러쌌다. 당연히 어선의 접근이 금지되었다. 이미 어선들은 그 근방을 피해 어업을 하고 있었지만 말이다. 수영으로 갈 수 있는 거리는 아니었지만 주위에서 해양 스포츠를 하거나 수영을 하는 것도 금지되었다. 다만 해수욕장들은 폐쇄하지 않았다. 일단 거리가 멀었고, 직접적으로 영향을 주지 않았기 때문이다. 시청에서도 섣불리 통제를 했다가는 다음 선거에 큰 악영향을 받을 게 분명했다. 오히려 동해안에 나타난 신비의 섬으로 홍보를 하는 해수욕장과 펜션도 있었다. 물론 지금처럼 흉해지기 전 스테인드글라스처럼 빛나는 사진을 사용했다. 그런 홍보에 그 곰팡이 같은 섬으로 배가 사라졌다는 이야기는 없었다. 그야 그 이야기를 기억하는 사람은 아무도 없었으니 말이다.

  그해 해변에는 유난히 플라스틱 쓰레기가 많이 보였다. 사람들은 그것이 어디서 온 것인지 짐작하고 있었지만 입 밖으로 내진 않았다.

  암묵적 약속. 악취는 없었다, 아직은.

  이미 오래전부터 갈매기들은 해변을 떠나 섬에 자리 잡고 쉬기 시작했다. 그곳에서 끊임없이 섬을 쪼아 먹으며 배를 불렸다. 갈매기는 왜 하필 흰색일까. 얼룩덜룩한 섬의 무늬가 마치 반점처럼 보였다. 마치 번식하고 움직이는 곰팡이 같았다. 섬에 안착한 갈매기들은 다시 날아오르지 않았다. 가끔씩 머리만 숙여 무엇인가를 집어삼켰다. 안식처를 찾은 듯 나는 법을 잊어버렸다. 해안가의 갈매기들은 하루가 다르게 줄어들었다. 모두 섬으로 끌려들어간 듯, 섬 이외의 곳에서 갈매기를 찾긴 힘들었다. 갈매기들은 그렇게 점점 섬과 하나가 되었다. 어쩌면 우리는 바다에 대해 전혀 모르는 것은 아닐까. 어디로도

이태형

떠내려가지 못하고 제자리를 돌고 돌아 마침내 서로 끈끈하게 하나가 되어 묻히길. 그 썩지 않는 물건과 우리의 뼈를 구분할 수 없게 되길. 사람뿐 아니라 그 어떤 짐승도 살아가지 못할 장소.

어디에서도 책임지고 해결하려는 움직임은 없었다. 다들 자신들의 책임 범위 밖에 있다는 것만 증명하려고 애썼다.

이 일이 전국적으로 알려지게 된 계기는 자연인을 다룬 한 텔레비전 프로그램 때문이었다. 해안절벽에서 양봉을 하며 살아가는 노인이 출연했다. 다른 화와 큰 차이는 없었다. 양봉을 보여주고 연예인 MC가 꿀벌과 사투하고, 자연인이 자급자족한 식재료로 만든 음식을 먹고. 천연 꿀로 하루의 좌충우돌을 씻어내는 과정을 보여줬다. 천연 꿀을 화면 가득 담는 것도 잊지 않았다. 도심에 지친 사람들이 나도 퇴직하면 바다가 보이는 산에 들어가 양봉이나 하며 살까, 그런 생각이 들게 하는 에피소드였다.

마지막에 MC가 꿀을 덩어리째로 집어 가득 베어 무는 장면은 이번 화의 클라이맥스가 되었어야 했다. 마치 그 장면을 위해 모든 과정을 달려온 그런 느낌적인 느낌 말이다. 그 장면은 당연히 바다를 배경에 두고 진행되어야 했다. 등 뒤의 산 너머로 해가 떨어지고 정면의 바다에서 태양빛을 받은 달이 마치 해처럼 밝게 떠오르는 이 풍경을 위해 일몰 시간과 월출 시간이 일치하는 날을 촬영 날짜로 잡기 위해 얼마나 신경 썼던가. 그중에서 이번 달은 일몰과 월출 시간이 정확하게 분 단위까지 일치하는 희귀한 날이었다.

플라스틱 아일랜드

달은 정확하게 그 섬 위로 떠올랐다. 석양에 반사되어 마치 자신이 태양인 것처럼 빛을 냈다. MC는 그 장면에 매료되었다. 깊은 어둠 속에서 빛이 출현하듯. 검은 섬에 빛이 번지며 일렁거렸다. 바다에 생겨난 심연을 보는 것 같았다.

저렇게 멋진 풍경이 있는데. PD도 카메라 감독도 작가도 그 누구도 언급하지 않는 것이 이상했다. 당연히 저것에 대해 이야기해야 하지 않겠는가. MC는 노인의 삶에 대해 대화하고 있었지만 섬에 정신이 팔려 대화가 멈췄다. NG라고 하기에는 아슬아슬한 경계, PD의 얼굴이 일그러졌다.

저기 바다 위에 검은 섬은 무엇인가요?

MC는 참지 못하고 대본에 없는 질문을 했다. MC는 마치 기름이 유출된 것 같은 수면을 보고 섬이라고 생각했을까. PD는 갑자기 무슨 뜬금없는 소리인가 바다를 보았다. 스태프들도 모두 바다를 보았다. 그제야 그곳에 무엇인가가 있다는 것을 눈치 챘다. 다만 PD는 바다 위 그 섬을 보지 못했다. 왜일까 사람마다 눈에 보이는 것이 다를까. PD가 NG를 외치기 위해 폭발하기 직전. 노인이 천천히 일어나 바다를 응시했다. 노인의 반응이 조금만 늦었다면, PD가 촬영을 중단하고 한바탕 난리가 났을 것이다.

저곳으로 배가 사라졌어. 아주 밝게 빛나던 오징어 배가.

둘이 앉아 있던 자리는 노인이 배가 사라지는 장면을 목격했던 그 장소였다. 노인은 지금까지 배가 사라지는 장면을 목격했었다는 기억을 잊고 있었다. PD에게는 섬이 보이지 않았지만, 노인의 반응을

이태형

보고 흥미가 생겼다. MC에게 질문을 더 이어가라는 사인을 보냈다. MC는 이미 한참 전부터 PD의 사인을 보고 있지 않았지만, 상관없는 일이었다.

어르신 배가 사라졌다니요? 어떻게.

오징어 배였어. 아주 빛나는 배였어, 오징어 배였으니 당연하지만.

오징어 배요? 오징어를 잡는 어선을 말씀하시는 건가요?

노인은 고개를 돌려 MC의 눈을 지그시 바라봤다.

그 검은 눈동자가 빛을 한순간에 삼켜버렸어.

MC는 노인에게서 광기를 느꼈다. 노인이 미쳤다고 생각했다. 검은 눈동자라니, 저곳은 오히려 눈동자와 흰자위가 반전된 듯 빛나고 있지 않은가. MC는 당황하여 그제야 정신을 차리고 PD를 바라봤다. PD는 계속 질문을 이어가라고 사인을 보내고 있었다. 그 모습은 평소와 달라, PD 역시 어떤 광기에 사로잡힌 것처럼 보였다.

오징어 배가 들어갔다는 것은 어떤 의미인가요?

MC는 자신도 의미를 모를 무의미한 질문을 했다.

아직도 저 아래 있어. 누구도 찾을 생각을 하지 않았어. 그랬어.

MC는 너무 검어 빛나게 보이는 것인지 다시 바다를 보았다.

PD는 그 말을 믿진 않았지만, 재미있다 생각해 노인을 실성한 사람처럼 편집해 그 장면을 넣었다. 노인에게는 TV가 없는 것 같았고, 노인이 항의한다고 한들 그저 무시해버려도 될 것이라 생각했다. 프로그램 편집 후 화면을 확인하다 PD는 자신의 눈을 의심했다. 그날 보이지 않았던 그 섬이 편집된 화면 속에 선명하게 있었다. 자연의 색이라 볼 수 없는 검은색에 가까운 보랏빛 파도가 넘실대고 있었다.

아무것도 없는 곳에 허공처럼 또는 블랙홀처럼, 해수면에 떠오른 눈동자가 있었다.

그 편은 생각보다 큰 관심을 받게 되었는데, 그것은 프로그램의 편집 의도나 노인에 대한 밈 같은 것이 아니었다. 누군가가 근 몇 달 동안 동해안에서 사라진 세 척의 배에 대한 음모론을 올렸다. 오징어 배 이전과 이후에도 몇 번인가 선박이 흔적도 없이 사라졌다는 내용이었다. 그 음모론은 버뮤다 삼각지대를 요약한 글과 거의 유사했다. 물론 그중에는 처음부터 존재한 적 없거나 여전히 멀쩡하게 어업을 이어가는 배도 마치 사라진 것처럼 글에 쓰여 있었기 때문에 몇몇 사람들이 멀쩡한 배를 찍어 소문을 반박하기도 했다.

오랜 시간이 지났고, 그 섬은 점점 커져갔다. 섬을 둘러싼 부표를 따라 볼록하게 쌓여 이제 누가 봐도 이견 없이 제법 섬처럼 보였다. 파도가 심한 날이면 섬은 육지에서 육안으로도 확실히 확인할 수 있을 정도로 출렁거렸다. 이제는 아무도 그 섬을 신경 쓰지 않았다. 마치 처음부터 그곳에 있었다는 듯.

넘실거리는 섬.

우리가 만들어낸 우리가 가야 할 그곳. 노인은 이제 벌을 키우지 않았다. 노인이 키운 꿀에서 쓰레기 냄새가 난다는 이야기가 돌았다. 벌을 방치하자 벌들은 자연스럽게 분봉해 떠나고 남은 벌통은 썩어 들어갔다. 노인도 산에서 내려가지 않았다. 모두의 기억에서 사라졌다. 방에 누워 썩어가고 있었다. 위가 가득 차 있었지만 굶어 죽었다. 평생 먹을 수 없는 것을 먹고 섬 위에서 위가 플라스틱으로 가득 차 굶어 죽은 새들처럼.

곧 태풍이 올 것이다. 그렇게.

이태형

소설가. 탄광촌에서 태어났다. 대학 시절 매직리얼리즘을 접하고 유년 시절 강원도에서의 삶과 비슷하다고 생각했다. 현실의 삶은 언제나 환상보다 놀랍고 잔인하다. 그런 지점에서 모든 환상소설은 사실 리얼리즘이다. 지은 책으로 불신에 대한 내용을 그린 『그랑기뇰』이 있다.

이름 없는 취향의 섬에 산다

정병욱 ✳ 대중음악평론가

전에도 무척 가깝게 지내는 사이였지만 코로나 시국 이후 유독 긴밀하게 24시간을 함께하는 절친이 있다. 바로 유튜브. 눈뜰 때부터 잠자리에 들기까지 나를 둘러싼 모든 기기에서 재생이 멈출 틈 없고, 심지어 때때로 2개 이상의 기기에 동시 재생되기도 한다. 국내외 새로운 뉴스거리에 관한 자세한 이야기, 응원하는 스포츠팀의 지난 경기 결과, 곧 개봉하는 영화나 넷플릭스 신작 소식 모두 접할 수 있으니 하루를 열기에 제격이다. 직접 찾아가지 않아도 처음 접하는 아티스트의 지난 무대를 단번에 훑거나 운이 좋으면 그의 무대 밖 모습까지 엿볼 수 있고, 괜한 남의 집고양이의 집사가 되거나, 팔자에 없는 양자역학 강의에 귀를 기울이기도 한다. 요리나 먹방 영상을 보며 이것저것 내 손으로 시도하다가 결국 포기하고 배달 음식을 시키고, 지루한 업무나 무료한 시간의 빈틈을 예능 콘텐츠의 짤방으로 채우는 것, 지구 건너편 평생 갈 일 없는 시골 마을의 빗소리를 들으며 하루를 닫는 것 또한 흔한 일상이다.

엄밀히 말해 유튜브가 친구인 것은 아니다. 이 녀석은 새로운 친구를 소개하거나 어제와 오늘의 친구를 계속 상기하게 하는 일종의 브로커나 비서에 가깝다. 내게 딱 맞는 친구를 부탁하는 주문으로 '좋아요', '구독', '알림 설정'이 있고, 즉각적인 명령으로는 검색어를 입력하거나 직접 영상을 시청하는 방법이 있지만, 아마 사람마다 선호하는 방식은 다를 거다. 나는 구독 주문을 애용한다. 그런데 구독 취소는 잘 안 하다 보니 맺음만 있고 끊음이 없는 관계가 늘어난다. 안타까운 건 확실히 이 녀석은 영화 〈그녀(Her)〉 속 인공지능 '사만다'처럼 똑똑하지 않다. 일부러 영리하지 않은 척하기도 한다. 언뜻 정밀해 보이는 그의 알고리즘 역시 실제 내 취향의 심연이나 본심을 들여다보는 것보다 가장 최근에 시청한 키워드나 트렌드를 대충 반영하길 더 좋아하는 것 같다. 내가 너무 이것저것 들여다본 탓이기도 할 테다. 바우만(Zygmunt Bauma)이 역설한 "설계가 있는 곳에 쓰레기도 있다"(『쓰레기가 되는 삶들』)라는 말을 비로소 이해하는 순간이다. 그렇게 나는 내 취향을 점차 잃어버린다.

문득 내가 아무도 없는 섬에 있음을 자각했을 때, 그곳에 있을 만한 이유 몇 가지가 떠오른다. 난파를 당했을 수 있고, 나도 모르는 사이 흘러와 표류했을 수 있다. 제 발로 찾아왔거나 내가 있는 곳 주변에 스스로 장벽 또는 도랑을 쳤을 수도 있다. 지금의 난 분명 어느 지점까지는 직접 노를 저어 왔을 텐데 어느 순간 완벽하게 표류하였

정병욱

다. 영화 〈김씨 표류기〉에서 주인공 남자 '김씨'는 한강에 투신자살을 시도했다가 우연히 무인도인 밤섬으로 표류한다. 비록 그곳은 아무것도 없는 섬이었지만, 한강 밖에서 쓰레기로 분류된 물건들이 김씨와 마찬가지로 흘러들어와 쓸모 있는 '무엇'이 됨으로써 김씨의 생존 물품이 된다. 내 취향이라고 생각하고 열심히 소비한 것들이 알고 보면 도태되고 버려진 잉여의 취향은 아니었을까? 이와 같은 물음은 '이게 내 것이 맞나?'로부터 출발해 '이게 누구 것이지?'로 이어진다. 때때로 알맹이를 알 수 없는 취향들이 주변에 만연하고, 그 출처조차 알 수 없어 외롭고, 허망해진다.

취향의 섬에는 본래 이름도 있었고, 사람도 바글바글했다. 형제가 없는 나는 초등학생 시절 가끔 방학이 돼야 만날 수 있는 일곱 살 터울의 사촌형이 가장 이상적인 취향의 본보기였다. 더 어렸을 때 클래식과 교회 음악을 먼저 접해서인지 이전까지 내게 가요는 어딘지 모르게 경망스럽고 천박한 것이었다. 친구 S가 김건모의 〈잘못된 만남〉을 유창하게 외워 동급생들에게 박수갈채를 받을 때 소년은 당시 1년 지난 〈마법의 성〉이 유일하게 가사를 아는 가요였고, 친구 W가 임창정의 〈늑대와 함께 춤을〉을 그럴싸한 춤과 함께 따라 부를 때 소년에게는 그해 창작동요제 우승 곡이 가장 최신의 취향이었다. 형이 따라 부르는 터보의 노래를 곱씹고, 따라 추는 서태지와 아이들 춤을 바라보며 하나둘 가요의 멋과 즐거움을 깨치는 과정이 없었다면 현재 내 취향이나 직업은 꽤 달라져 있을지도 모르는 일이다.

사춘기에 이르러 비로소 귀에 악기 하나하나가 들리기 시작했다. 당신이 했던 것처럼 건반을 잘 연주하길 바랐던 어머니의 바람과 달리 연주에 소질도, 흥미도 없었던 소년 앞에 나타난 친구 K의 바이올린 연주는 한없이 특별하고 그럴듯했다. 그래, 연주가 특별했기 때문이 아니라 K였기에 그 연주가 남달랐을 것이다. 학교의 이벤트와 이를 위한 연습을 핑계로 소년이 부를 노래의 반주를 도울 친구 H가 집으로 초대되었고, H의 곁에는 절친 K가 늘 함께였다. 소년과 H의 연습을 K가 지켜봐주었고, 연습이 끝난 뒤엔 이들의 일정이나 필요와는 아무 상관없이 K의 바이올린 연주가 뒤이었다. 음악을 통 알지 못하는 소년의 귀에도 대단한 신동이나 엘리트 코스의 영재가 연주하는 소리로는 들리지 않았지만, 악기에 얼굴을 기댄 채 그 어느 때보다 날카롭고 진지한 표정으로 악보에 열중하는 K의 모습과 그가 현을 일사불란하게 움직이는 장면은 그 시절 가장 아름답고 낭만적인 이미지 중 하나로 남아 있다. 그로부터 4년 뒤에는 아무런 연고와 선생님도 없이 홀로 베이스를 집에 구비해 연습하던 동급생 B에게 빠져들었다. 하나의 거대한 소리 덩어리로만 들렸던 음악으로부터 바이올린 소리, 베이스 소리를 구태여 분리해내 찾고 그에 몰입했던 건 순전히 K와 B 덕분이다.

항상 그랬다. 그것이 크건 작건 취향 하나가 흘러들어오기까지 그 중심에 사람이 있었다. 수학여행길 버스 뒷자리에 앉은 남자아이들이 최고라 하는 음악에 동조하고 싶어 괜히 좋아하지도 않은 랩 음악을 하나라도 더 듣고 따라 부르다가 힙합과 친해졌고, 동경하던 고등학교 연극부 선배의 진로를 지켜보며 그를 따라 독일 희곡을

정병욱

탐독하다가 독일어학과에 진학했다. 서양음악을 전공했다가 뒤늦게 국악과 전 세계 민속음악을 연구하게 된 교양 수업 선생님의 인생에 매료되어, 스무 살에 매주 국립국악원에 쫓아다녔던 것 역시 지금의 취향을 이룬 귀중한 경험이다. 소설 『하이 피델리티』와 영화 〈사랑도 리콜이 되나요〉의 주인공, 레코드숍 사장이자 레코드광 '롭 고든'이 자신의 수많은 LP 속에 파묻혀 이를 알파벳 순서로 정리할지, 연대순서나 장르별로 정리할지 고민하면서도 결국 자신의 기억에 따른 정리와 구분이 가장 직관적이고 정확함을 역설함에 나는 극히 공감했다. 하지만 요즘 내 취향의 섬엔 사람이 스며들 틈이 별로 없다.

　타인의 관여가 사라진 건 비단 내 취향만이 아니다. 친구나 지인에게 사심 없이 작은 선물하기를 즐겼던 내게 당사자와 어울리는, 혹은 당사자의 취향에 부합할 법한 CD나 시집을 고르는 일은 가장 설레는 순간 중 하나였다. "마침 관심 있었다"라거나 "원래 좋아했다"라는 피드백보다 더 반가운 것은 단연 "몰랐는데 딱 내 취향"이라는 반응이었다. 선물을 주고받는 사이 두 사람 사이에 상대를 관찰하고, 그의 취향을 가늠하고 판단하는 애틋한 연결고리가 한 가지 더 생겨나는 기분이었다. 유독 선물을 여러 차례 받았던 선배 J는 순진한 표정으로 "너희 집 음반점 해?"라고 묻기도 했다. 물론 이 같은 낭만은 이제 먼 옛날얘기다. 아주 똑똑하지는 못해도 유튜브 알고리즘이 꽤 유용하고 현실적이다. 영화에는 '왓챠피디아', 음악에는 '스포티파이' 같은 조금 더 정교한 취향 분석 및 추천 서비스가 존재하기도 한다. 들려오는 음악이 무엇일까 함께 머리를 쥐어 싸고 고민

이름 없는 취향의 섬에 산다

하거나 사장님에게 물을 필요도 없어졌다. 앱이나 웹을 통해 쉽게 검색이 가능하니까. 좋아하는 노래가 라디오에 나올 때마다 한 곡, 한 곡 녹음하다가 나만의 믹스테이프를 만들던 추억은 머나먼 전설이 되었다. 온라인 공간 어디에나 잘빠진 플레이리스트가 클릭을 기다리고 있다. 사람 아닌 기술, 개인 아닌 집단 지성의 관여는 확연하게 취향의 바다를 넓혀주었지만 그것을 공허하게 만들었다. 그래서일까? 약 2~3년 전부터 인기를 끈 '소셜 살롱'이라는 이름의 취향 나눔 모임이 각종 대면 모임 금지가 권고되는 와중에도 꾸준히 인기를 끌기도 했다.

'살롱.' 대략 18세기 후반부터 19세기까지. 세계인들이 낭만의 고장이라고 동경해 마지않았던 현대 프랑스 파리를 있게 한 장소다. 미국의 헤밍웨이, 스페인의 피카소와 살바도르 달리 등 프랑스인도 아닌 당대 최고의 예술가들이 이곳에 모여들어 예술에 관해 치열하게 토론하고, 자유롭게 소통했으며, 영감을 교류했다. 예술가 중심으로 호사가들도 함께해 20세기 비평 문화의 토대가 되기도 했다. 이러한 살롱 문화를 인위적으로, 혹은 비즈니스적으로 현실에 소환한 데에는 각기 다른 목적과 상관없이 동일한 전제가 기저에 있었을 것이다. 오프라인 공간에서의 자연스러운 취향 나눔 부재. 온라인 공간에서 가볍고 손쉽게 의견이나 취향이 나와 같은 사람들을 만날 수 있다 보니, 타인의 새로운 취향에 대해 끈기 있게 설명을 듣고 이해하려고 노력하지 않는다. 어쩌다가 새로운 정보를 얻어도, 검색 한 번에 그것이 내 취향과도 맞는지 순식간에 판단할 수 있게 되고, 내 취향에 관해

나 자신도 깊이 고민해볼 기회가 사라지면서 많은 이들이 동일한 갈증을 느꼈을 터였다.

아쉽게도 오롯이 효용을 추구하는 현대의 모델은 완벽한 해답은 아니었다. 일찌감치 비슷한 모임을 수도 없이 만들고 참여해보기도 했지만, 소셜 살롱은 조건 없는 자발적인 모임이나 취향 이전에 관계를 전제하던 자리와 엄연히 달랐다. 기획 방향이나 자리에 온 사람들에 따라 매번 예상하지 못한 순간들이 펼쳐졌다. 어떤 자리는 취향을 나누기보다 일방적으로 배우는 자리로 기획되었고, 어떤 이는 말하는 게 익숙하지 않았고, 누군가는 듣는 게 서툴렀다. 섬과 섬을 잇자고 하면서 하나하나 징검다리의 돌을 놓는 것이 아니라 공정이 정해진 임시 교량을 어설프게 세우고, 다시 허무는 일이 내게는 영 적응되지 않았다. 앞서 애초에 사람을 통해 얻고, 체득한 개인의 취향들은 일종의 흉내로 출발하는 게 사실이다. 그러나 주어진 충분한 사유의 시간은 그 빈 껍데기를 하나하나 저만의 것으로 채워주기도 했다. 반대로 요즘의 흉내는 더욱더 빠르고 쉬우며, 그렇기에 얄팍하게만 느껴졌다. 이 섬에 언제 어떻게 사람을 다시 불러올 수 있는 것일까?

물음에 답하기 위해 거꾸로 의문을 던져보았다. 과한 기대와 추억 미화가 도리어 오늘의 고립이나 고민을 공고히 하는 것은 아닐지. 언제나 그래왔던 것처럼 정답은 먼 곳이 아니라 가까운 데 있는 것은 아닐지. 의심이 한 번 균열을 일으키자 질문이 꼬리를 이었다. 취향이라는 게 정말 다른 이와 온전히 나눌 수 있는 것이었을까? 그

것이 공개된 영역에 존재할 수는 있는 걸까? 그 속성을 고려할 때 취향은 원래부터 지극히 개인적이다. 설령 다른 이의 선택과 기호가 내 마음에 방아쇠를 당겼다고 한들 그의 감상이 나의 감응과 같을 거라 장담할 수는 없다. 아니, 분명히 다를 거다. 특정한 취향이 나와 겹치는 사람이 세상에 있을 수 있지만, 수십, 수백 가지에 이르는 모든 취향이 동일한 사람은 존재하기 어렵다. 그리고 이와 같은 개별 취향은 마치 몸에 필요한 음식이 구미에 당기고, 배고픔이 가장 훌륭한 반찬이듯 외로우면 외로울수록 나의 필요는 선명해지고, 간절함이 클수록 취향은 훨씬 강렬한 존재감을 발휘한다. 현대사회에서 아무리 취향이 공산품과 소비재가 되어 사람의 손길과 발길이 뜸해지고, 취사선택이 쉬워진다고 한들 종국에 이르러 취향과 관계를 맺는 건 나 자신이며, 그와 나의 시간 또한 내 선택을 통해 이루어진다.

　　동화나 전설을 보면 보물은 언제나 외딴섬에 숨겨져 있다. 순전히 흥미진진한 모험의 서사를 완성하기 위함도 있지만, 당연하게도 그것을 숨기는 이가 보물의 쉬운 발견을 허락하지 않기 때문이다. 애초에 사람과 취향 사이에 이야기와 맥락을 부여한 건 나 자신이었다. 나라는 주인공이 활약하는 전기 속에서 무수히 많은 배경과 요소들, 시련과 고난, 모험과 여행, 난파와 고립 그리고 만남과 해방을 통해 운명적 취향이 피어났던 것뿐이다. 보물을 찾고 난 뒤의 주인공은? 당연히 그 섬을 떠나고 만다. 외로움이나 고립이란 관계 및 만남의 수요와 공급의 양이 상호 일치하지 않을 때 생겨난다. 지금의 난 단지 공급의 홍수 속에서 허우적대는 것일 따름이다. 흘러들어온 잉

정병욱

여 취향만 소비하고 있는 줄 알았던 내가 서 있는 곳이 섬이 아니라 육지일 수도 있다. 잠시 나를 섬에 둔 채 외로움을 견디며 보물 찾기에 힘써본다. 다음에 발 디딜 육지가 언제 어떻게 모습을 드러낼지 모르는 일이다.

정병욱

학부에서 독일 문학을, 대학원에서 문화기호학과 비평을 공부했다. 주로 음악 리뷰, 아티클, 칼럼 쓰는 일을 한다.

이름 없는 취향의 섬에 산다

금토동金土洞

나영길 ＊ 영화감독

1.

그곳은 살아내기에 기이한 마을이었다. 암癌처럼 돋은 청계산이 마을 전체를 짓누르고 개천이 썩어가며 시무룩하게 그 중앙에서 뻐드러지는, 느리고 무거운 길과 집에 달라붙어서 우리는, 각자의 방식으로 부풀어 오르거나 으깨지며 마을을 견뎠다. 마치 하나의 징후인 것처럼

2.

개천의 둑에는, 아주 오래된, 아무렇게나 돋아난 나무가 하나 있었다. 그것은 검은 나무였고, 잎사귀 한 번 틔운 적이 없었다. 처음부터 죽어서 자라난 나무. 매해 여름, 마을 아저씨들은 개천에 모여 그 나무에 가짜 열매를 매달았다. 각 가정을 다정하게 돌아가며 순

서대로 차출된 개들이 주황색 빨랫줄에 목이 감겨 질질 끌려 나왔고, 겁에 질린 개의 숨소리에 나무 아래 모여 있던 아저씨들은 소중하게 챙긴 쇠파이프와 각목을 신체처럼 어루만지며 얼굴을 미리 물들였다. 마을의 모든 아이들이 개천 다리 위에 모여서 그들을 내려다보며 반짝거렸다. 한동안의 실랑이 끝에 검은 나무에 주렁주렁 교수된 개는 너무나도 느리게 공중에서 빙빙 겉돌며 이빨을 드러냈다. 아저씨들은 매달린 개가 죽을 때까지 때렸다. 낯선 냄새의 과즙이 개천 바닥의 자갈을 검붉게 씻었다. 우리들 중 누구도 그 냄새를 좋아하지 않았지만, 누구도 불평하지 않았다. 숨이 끊어진 개를 아저씨들은 그대로 토치 불에 그슬렸고 털을 박박 밀었다. 잘라낸 네 발은 근처 풀숲에 버려졌다. 발 없이 도살된 개의 거무죽죽한 사체는 내장까지 모조리 개울물에 씻겼고, 준비된 솥에 한 토막씩 옮겨졌다. 우리는 우리가 기어이 거머쥔 죽임을 빌려 살아갈 수 있다는 것을, 그 개천 다리 위에서 배웠다. 언젠가 우리도 무언가에 의해 살해당할 것이고 그것을 말미암아 그 무언가도 살아갈 수 있으리라는 것을, 검은 나무 아래서 키득키득 외우며 놀았다. 아이들은 근처를 돌아다니며 개의 발들을 주워 모았고, 마을에는 은밀하고 조그마한 무덤들이 두드러기처럼 생겨났다. 그리고 어느 해 여름

　　예삐의 차례가 다가왔다. 예삐를 어떻게 키우게 됐는지는 기억나지 않는다. 흰 단모의 삽살개 믹스종이었다는 것, 중소형 견의 크기였다는 것, 두 번의 출산으로 총 여덟 마리 새끼를 낳았다는 것, 어느 날 학교에서 돌아와 보니, 한 마리의 새끼를 제외하고는 모두 없어져

나영길

있었다는 것, 그 이후로 한동안 예삐가 밥을 먹지 않았다는 것, 내가 어딜 가든 항상 따라다녔다는 것, 교회 마당에서 아이들과 놀고 있는 나를, 어딘가 그늘진 곳에 앉아 그저 지그시 바라보다가 저녁 먹을 때가 되면 함께 집으로 돌아오곤 했다는 것, 결코 사람을 향해 짖지 않았다는 것 등등의 서술도 예삐가 어떤 개였는지를 설명하기에는 충분치 않아 보인다. 예삐는 그러니까, 책임감이 강한 개였고, 그런 예삐를 지키기에 나는 너무 어렸다. 여느 도살의 날과 마찬가지로 예삐의 목에도 어김없이 주황색 굴레가 씌워졌다. 예삐는 옆집 아저씨가 끌어당기는 반대 방향으로 온몸을 곧추세우며 저항했다. 비포장의 돌투성이 길 위를 끌려가던 예삐의 발에서 피가 나기 시작했다. 길고 진한 예삐의 혈서가 검은 나무까지 이어졌다. 내내 입을 막고 그 뒤를 따라가던 내가 끝내 울음을 터뜨린 것은, 예삐가 공중으로 들어 올려진 순간이었다. 공포와 절망이 그렁그렁 맺힌 예삐의 두 눈이 내게 머물렀을 때. 공중에서 느리게 몇 차례 돌면서도, 예삐는 내게서 시선을 떼려고 하지 않았다. 늘 어딘가 아련하고 서글서글하게 나와 자신의 세계를 응시하던 예삐의 눈이 한 바퀴 두 바퀴 점점 흐려지다가 다시 나를 향해 몸이 돌아왔을 때, 그것은 더 이상 예삐의 눈이 아닌 무엇인가로 갑자기 변해 있었다. 어디서 나오는 것인지, 증오감 서린 녹색 안광을 시퍼렇게 뿜으며 이를 잔뜩 드러내고 으르렁거렸다. 그것은 목이 매달린 개들이 죽기 직전 전형적으로 보이곤 하는 모습이었으나, 여태껏 내가 보아 온 그 어떤 표정과도 다른 것이었다. 공중을 느리게 돌며 자신을 둘러싼 사람들을 하나씩 노려보던 예삐는 곧 발악을 시작했고, 매질이 시작되었다. 내 울음이 멈추지 않자 몇몇 어른들이 못마땅해하며 집으로 가라고 호통을 쳤지만, 나는 그들을 뿌리치고 그 자리에 서서 예삐가 사그라지는 광경을 지켜봤다. 그것이 내가 예삐에게 해줄 수 있는 전부였으므로. 이상하게도 예삐는, 다른 개들에 비해 너무나 오랫동안 질기게 버텼다. 매질에 지쳐가던 아저씨들은 어느 순간부터 예삐의 머리를 쇠파이프로 내려쳤다. 맞을 때마다 예삐는 개울 바닥에 죽죽 배설했다. 두개골이 완전히 함몰되고, 안면부가 양쪽으로 갈라져 벌어지고, 안구 한쪽이 빠져나갔을 때에도 그러나, 예삐는 죽지 않았다. 그러자 그들은 예삐의 몸에 산 채로 불을 붙였다. 비명도 없이 한동안 불길에 휩싸여 버둥거리던 예삐는, 한 차례 꾸룩 소리를 내더니 몸을 늘어뜨렸다. 그제야 나는 길바닥에 주저앉았다. 너무 길고 고통스러운 작별이었다. 아저씨들은 예삐의 사체를 나무에서 내려 그을음투성이의 맨 가죽을 긁어냈다.

— 예삐 발 주세요.
— 뭐?
— 예삐 발 달라구요.

개천에 예삐의 내장을 씻고 있던 옆집 아저씨는 내 퉁퉁 부어오른 얼굴을 가만히 바라보더니, 말없이 예삐의 네 발을 잘라서 내게 건넸다.

소분된 예삐는 마을의 각 집으로 흩어졌다. 할머니는 어딘가에

나영길

서 커다란 냄비를 들고 오셨다. 그날 저녁, 밥 먹으라는 할머니와 어머니의 부름에 나는 대답하지 않았다. 평소 같았으면 방에 벌컥 들어와 왜 대답이 없냐고 등짝을 때렸을 어머니였지만, 그날은 더 이상 부르지 않았다.

사위가 잠잠해질 때까지 옆으로 누워 가만히 예삐의 발들을 들여다보고 있던 나는, 플래시를 챙겨 마루로 나갔고, 가스레인지 위에 놓인 냄비의 안쪽을 비춰 보았다. 식어 있는 개장국의 역한 냄새가 확 풍겼다. 그것은 내가 살면서 본 가장 비참한 관棺으로 여전히 또렷이 남아 있는 이미지이며 문장이고 감각이 되었다. 냄비를 들고 집 밖으로 나간 나는, 교회 마당 한구석을 파고 예삐의 조각들을 하나씩 옮겨 넣었다. 정렬된 조각들은 반쪽뿐이었다. 그 아래에 발들을 맞춰 놓고, 흙을 덮었다.

냄비를 들고 개천으로 간 나는 그 안에 든 개장국 국물을 모두 쏟아 버리고 나서, 냄비도 던져 버렸다. 개천에 떠내려가는 냄비를 플래시 불빛에 비추며 바라보는데, 뭔가가 시야에 가무스름하게 들어왔다. 검은 나무의 죽은 가지들이 흔들거리고 있었다. 여름밤의 공중에 음각으로 시커멓게 새겨진 검은 나무가, 악의적으로 앙상한 춤을 추고 있었다. 그것은 늘

3.

내게 순녀 고모를 연상시켰다. 엄밀히 말하자면 '고모'는 아니었다. 금토동은 집성촌의 성격이 강한 마을이었고, 나씨와 이씨, 임

씨, 권씨 일가의 세가 컸다. 순녀 고모는 이씨인 친할머니의 조카뻘 되는 사람이었는데, 우리는 그냥 고모라고 불렀고, 그녀를 몹시 무서워했다.

원래 순녀 고모는 영리한 아이였다고 어른들은 이야기했다. 유난히 심한 장마에 마을 사람들이 곤혹을 치르고 있던 어느 여름, 개천가에 있던 순녀 고모가 물살에 휩쓸려 떠내려갔고, 시간이 흘러 모두 그녀가 죽었을 거라고 체념했던 날, 순녀 고모가 홀연히 마을에 돌아왔을 때, 그녀는 더 이상 그 이전의 순녀가 아니었다고, 어른들은 마저 이야기했다. 언어를 잃은 그녀는 꺼먼 낯빛으로 이상한 소리를 내며 비적비적 돌아다니다가 종종 발작을 일으키며 쓰러지거나, 자해를 하거나, 사람들에게 달려들었다. 범람한 개천에 휩쓸린 순녀 고모가 어떻게 살아 나왔고, 어디에 있었으며, 어떤 일을 겪고 돌아온 것인지 아무도 알지 못했고, 딱히 알고 싶어 하지도 않았다. 그저 마을 사람들은 그녀가 귀신에 들렸다고 생각했다. 밧줄로 묶어놓으면 밧줄을, 쇠사슬로 묶어놓으면 쇠사슬을 끊었다고 했다. 정신병원에 수감되고 나면 순녀 고모는 식사를 거부했고, 기어이 심각하게 말라비틀어지고야 마는 그녀가 죽을까 봐 병원에서는 집으로 다시 돌려보내곤 했다. 그렇게 병원에서 나온 순녀 고모는, 뭐랄까, 속이 반투명하게 들여다보이는, 딱딱하게 말라붙은 거무죽죽한 떡 같은 질감으로 마을을 돌아다녔다.

여름비 오기 직전, 두꺼운 암황색의 구름이 빽빽하게 공중에 차올랐던 어느 저녁, '하드'를 사 먹으러 가게로 뛰어가던 나는 저 앞에

나영길

서 순녀 고모가 내 쪽을 바라보며 가만히 서 있다는 것을 알아채고는 그 자리에 멈춰 섰다. 그녀는 그 자리에 서서 상체를 앞뒤로 조금씩 흔들고 있었다. 나는 왠지 얼어붙은 채 그쪽을 바라보고만 있었다. 영원히 그렇게 서 있을 것 같던 순녀 고모는 갑자기, 전속력으로 내게 달려오기 시작했다. 마치 남의 얼굴 가죽을 덧대어 쓰고 있는 것 같은 느낌의, 소름끼치게 무표정한 얼굴로 미친 듯이 달려오는 그녀를 땅에 못 박힌 듯 서서 무기력하게 바라보며, 내 정신은 한 움큼씩 뜯겨나갔다. 그러던 그녀가 몇 발자국을 앞에 두고서, 갑자기 입을 아래위로 크게 짝 벌리더니, 입고 있던 자신의 누렇게 낡은 티셔츠를 양쪽으로 잡아 찢으며 몸을 활처럼 뒤로 한껏 젖히다가 그대로 뒤로 넘어가는 것이었다. 가뭄 든 논바닥처럼 살이 온통 쫙쫙 갈라진 자국이 있는 그 상체 안으로 반투명하게 드러난 그녀의 속은 무저갱無低坑으로 보였다. 쓰러진 그녀는 온몸에 경련을 일으키며 이상한 비명을 질러댔다. 그 자리에서 어떻게 벗어났는지, 전혀 기억이 나지 않는다. 그날 이후로, 나는 오랜 기간 가위에 눌렸고 그때마다 이불에 오줌을 쌌다.

굿도 소용없었고 안수기도도 끝내 순녀 고모를 낫게 하지 못했으나, 그녀는 교회에 가는 것을 좋아했다. 그곳은 마을에 단 하나뿐인 오래된 교회였으며 마을 사람들이 회합하는 장소였고, 마을 아이들에게 거의 유일한 문화 제공처인 동시에 온갖 욕망들이 그 내부에 문드러지던 곳이었다. 물론 교인들은 순녀 고모가 교회에 오는 것을 극도로 싫어했으나, 그것을 대놓고 드러내지는 않았다. 순녀 고모는 그저 빈구석 자리에 앉아, 설교 중인 목사를 가만히 응시하거나 성경을 뒤적일 뿐이었다. 때때로 그녀는 예배 후에 목사에게 다가가 안수기도를 청했고, 목사는 그녀의 머리에 손을 얹었다. 그 기도들이 순녀 고모에게 어떤 의미였을지는 모르겠지만, 그러고 나면 최소한 그녀의 기분은 나아 보였다. 어둡게 내리깔린 음색과 어눌한 말투로나마 마을 사람들과 대화를 나누기도 했고, 아주 가끔씩은 웃기도 했다. 예배가 없는 주중에는 우리 집으로 찾아와서, 다른 교회에서 목회를 하고 계셨던 아버지께 기도를 받기도 했다. 아버지와 외사촌 관계인 순녀 고모는, 아버지를 오빠라고 불렀고, 아버지 앞에서는 늘 온순했다.

그러던 어느 날, 마을 교회에서 새벽 예배를 함께 드리던 중 갑자기 난동을 부리다 간질 발작을 일으켜 실려 갔다는 마을의 소문과 함께 순녀 고모는 자취를 감췄다.

여름방학의 끝 무렵, 새벽 한 시가 되도록 어머니와 함께 마루에서 영화를 보고 있었을 때, 현관문이 크게 흔들리는 소리가 났다. 누군가가 잠긴 현관문을 잡아 흔들고 있었다. 내가 가만히 현관 쪽으로 다가가자, 현관문에 크게 나 있는 간유리 너머로, 검은 나무 같은 앙상한 형태의 실루엣이 몸을 앞뒤로 흔들고 있는 것이 보였다. 순간,

예전의 여름밤에 혼자 보았던, 검은 나무의 죽은 가지들이 춤을 추듯 사방으로 흔들리고 있던 광경이, 마치 눈알 밖으로 뿜어져 나온 것처럼 생생하게 떠올랐다. 어쩌면 그것은 검은 나무가 아니라 나무 모양으로 갈라진 세계의 균열인 건지도 몰라.

우리는 늘

그 틈 사이를

들여다보고 있었던 거구나아아아아아아아아—

— 영길아! 왜 그러고 있어, 웅?

비명도 못 지를 정도로 놀라 옆을 바라보니, 어머니가 옆에 와 있었다. 왠지 나는 입을 쩍 벌린 채였다. 현관문을 흔드는 소리는 더 이상 들리지 않았으나, 실루엣은 그대로였다. 그리고 곧 현관을 노 크하는 소리가 들렸다.

— 누구세요?

그러나 대답은 없었고, 노크 소리는 멈추지 않았다. 그저 계속 되는 노크 소리에 어머니도 공포를 느끼는 듯했다.

— 누구시냐구요!

— …언니…

순녀 고모였다. 순녀 고모가 돌아온 것이었다. 현관문을 잠가 둔 채로, 어머니는 대화를 이어갔다.

— 순녀니? 이 시간에 여긴 왜 왔어. 늦었으니까 집에 가, 얼른.

— 언니. 문 열어.

— 안 돼. 내일 다시 와. 지금은 너무 늦었잖아.

— 나 오빠 기도 받아야 돼.

바깥이 소란스러웠는지, 주무시던 아버지가 안방에서 나왔고, 순녀 고모의 목소리를 들은 아버지는 현관문을 열었다.

너무나 앙상하게 말라붙은 순녀 고모가, 더 거무죽죽해진 얼굴로 서 있었다. 나는 슬그머니 방으로 도망쳤다. 살짝 열어놓은 문 틈으로, 무릎을 꿇고 앉은 순녀 고모의 앞에 서서 그녀의 머리에 손을 얹고 소리 내어 기도하는 아버지의 모습이 보였다. 아버지의 기도는 조금씩 격앙되어 가더니 곧 통성기도가 되었다. 순녀 고모의 어깨가 흔들렸다. 그날 이후, 나는 더 이상 가위에 눌리지 않았다. 얼마간의 시간이 흘렀을 때, 마을에서는 개천 정비 공사가 진행됐다. 낮은 편이었던 터라 종종 물이 범람하곤 했던 개천 둑을 콘크리트로 높였고, 개천 바닥을 파서 더 많은 물이 흐를 수 있게 했으며, 낡은 개천 다리를 새로 지었고, 그리고 검은 나무를 뽑아 버렸다. 마을에서는 더 이상 개를 잡지 않았다. 순녀 고모의 간질 발작은 그 강도와 빈도가 훨씬 줄어든 것 같아 보였다. 변성기로 인해 내 목소리가 싫어진 나머지 소리 내어 말하는 일이 거의 드물었던 그 당시, 나에게는 정비된 개천의 콘크리트 둑에 앉아 나무였는지 세계의 균열이었는지 모를 검은 그것이 있던 자리를 멍하니 바라보는 버릇이 생겼다. 마을 사람들은 마을이 점점 더 좋은 방향으로 변하고 있다고 믿었다. 마을의 도로는 아스팔트로 싹 다 포장하여 돌부리에 걸려 타이어가 펑크 나는 일도 없어졌고, 그린벨트 규제가 조금 완화되어서 조금 더 높은 건물을 지을 수 있게 됐다고도, 그래서 교회도 좀 더 크게 새로 짓게 될 것이라는 이야기들도 돌아다녔다. 정말 그렇게

4.

우리는 좋아지고 있는 것일까. 나무였는지 균열이었는지 어쩌면 영원히 알 수 없게 될 검은 그것의 부재를 바라보는 일은 종종 웃음을 터뜨리게 했다. 정비 공사를 하며 개천으로 온 마을의 하수도가 흐르도록 연결해놓은 탓에 더러운 수생식물을 제외하고는 아무것도 살지 못할 만큼 완전히 썩어버린 개천은 근처만 가도 악취가 올라왔고, 예전처럼 공개적으로 개를 잡지 않을 뿐, 여전히 자신들이 키우던 개를 도살꾼을 고용하여 잡아먹거나 혹은 사다가 먹었으며, 교회는 돈과 관련된 문제나 목회 방식의 문제 등으로 교인 간, 혹은 교인과 목사 간의 골이 깊어지다가 해당 목사를 해임하고 새로운 목사를 초빙하는 일이 잦아졌다. 마을 아저씨들은 알코올중독자가 되거나, 종교 집단에 전 재산을 헌납하고 사라지거나, 자기 집에 방화를 하거나, 돌연사를 하거나, 자살을 했다. 굳이 이런 개인적인 일들을 집단적인 현상으로 묶어서 생각하고 싶진 않았으나, 어떤 가능성들을 점검해보는 일은 늘 웃겼다.

순녀 고모가 건강 악화로 인하여 장기 요양 시설에 수용된 후

137

몇 년 동안 그녀를 보지 못했다는 생각이 퍼뜩 들었을 때야 비로소 나는 과거의 부재를 실감할 수 있었다. 어쩌면 나는

그 검은 균열의 너머로 빠져나와 버린 것인지도.

순녀 고모의 부음을 들은 것은 그로부터도 몇 년 후의 일이었다.

당시의 나는 거의 매일 취해 있었다. 아무 영화나 틀어놓고 울었고, 아무 책이나 펼쳐놓고 울었다. 늘 누군가와 싸우고 있었고, 아무 부위의 살이나 죽죽 그어 방바닥에 흥건히 피를 모았다. 대상을 알 수 없는 무엇인가를 미친 듯이 보고 싶었다. 본 적도 없는 것들이 미리 그리웠다. 허기와 공허를 채울 방법을 몰라서 늘 기절할 때까지 술을 마셨다. 온통 부어올라 잘 떠지지도 않는 눈을 잡아 뜨며 간신히 일어나고 보면 여전히, 세계에서 가장 더럽고 천하고 혐오스러운, 애초부터 잘못 지어 올린 탓에 천천히 무너져 내리고 있는 내 방이었다. 그렇게 깨어난 이후 조금씩 정신이 돌아오는 시간은, 가장 끔찍하게 견디기 힘든 시간이었다. 아, 나는

마을 아저씨들 중 하나가 되어가고 있는 건가 봐. 나도 저주를 받았나 봐.

키득키득 웃으며 방바닥을 닦고 병과 쓰레기를 치운다, 지갑과 가방을 챙겨 밖으로 나온다, 마을버스를 타고 종점부터 종점까지 시내를 내내 돌며 책을 읽는다, 는 것이 대개의 낮 일과였다. 하필 그날 챙겨간 책은 기형도의 『입 속의 검은 잎』이었고, 하필 펼쳐든 것이 「나의 플래시 속으로 들어온 개」였으며, 시를 읽다 말고 갑작스럽게 터진 울음에 당황하면서도, 하필 그날따라 도무지 울음을 멈출 수가 없어

서, 버스 맨 뒷좌석에서 웬 남자가 대낮부터 목 놓아 울고 앉아 있는 광경이란 것을 사람들이 어떻게 받아들일는지 한편으로는 민망한 마음이 들면서도, 그냥 그렇게 하염없이 갔다. 그러니까, "그날, 나의 플래시 속으로 갑자기, 흰"(기형도, 앞의 시) 예삐가 들어왔던 것이었구나.

나는 내내 예삐를 보고 싶어 했던 거였구나.

마을로 돌아오자마자 교회 마당의 구석으로 가서 땅을 파보았지만, 당연히 뭐가 남아 있을 리 없었다. 혹은, 모든 것들이, 너무 쉽게 썩어 없어져버리는 탓인지도 모른다.

그다음 날, 아버지는 순녀 고모의 부음을 내게 짧게 전하며, 장례에 다녀오시겠다고 했다. 그렇게 가족들이 모두 외출하고 없던 오후, 나는 너무나 오랜만에 가위에 눌렸다.

검은 나무 혹은 균열 예삐의 눈 부서져 나가던 머리 그 머리 밖으로 길게 길게 이어지던 핏자국과 빨랫줄 아래위로 끝없이 벌어져 나가는 순녀 고모의 입 그 무저갱의 색깔과 갈라진 살가죽 몸통 없이 뛰어다니는 개들의 발 피가 스며드는 자갈 뽀얗게 익어 죽은 예삐가 없는 꼬리를 치며 나를 맞는다 언니 언니 예삐 발 주세요 뭐? 예삐 발 달라구요 죽은 가지들의 앙상하고 무서운 춤 그 흔들리는 균열의 검은 틈으로 세계가 빨려 들어가기 시작한다 간유리 밖에 달라붙어 안을 들여다보는 순녀 고모의 죽은 눈

그녀는 뭘 들여다보고 있던 것일까

나무도, 개천도, 개들의 발도, 예삐의 잔해도, 죽은 아저씨들도, 순녀 고모도 모두가 쉽게 썩을 것이다. 나는 산 채로 썩어가고 있었

지만, 분명 좀 더 쉽게 썩어 없어질 방법이 있을 것이라고, 생각했다, 아, 지금 흘러들어오는 이 모든 감정들은 전부 금토동이라는 땅의 의지이고 섭리이며 중력인 것이구나.

　　정신을 조금 차렸을 때, 나는 이미 절반쯤 잘라 낸 손목을 덜렁거리며 마루로 나가 집으로 돌아온 부모님을 맞이하고 있었고, 다시 정신을 차렸을 때는 병원이었다. 어머니는, 지금껏 살아오면서 단 한 번도 본 적 없던 표정으로 얼굴을 일그러뜨린 채 나를 내려다보며 미안하다고 말했다. 뭐가 미안하다고 하시는 건지 아마 나에게는 내내 모호하게 남을 감정이겠지만

5.

　　확실한 것은, 그 일로 인해 내 오른손 대부분의 감각을 잃었다는 것과, 현재 금토동은 판교 테크노밸리 2단지 재개발 구역으로 지정되어 주민들 모두가 이주를 했고, 아무도 살고 있지 않은 그 허물 같은 공간과 기억들은 곧 시작될 철거 작업으로 인해 영원히 사라지리라는 것이다. 지금도 나는 종종 금토동에 들러서 아직은 남아 있는 마지막 모습들을 몸속에 꾹꾹 눌러 담고 온다. 어떻게든, 우리는 이 마을, 이 땅의 위악을 견디며 살아냈구나. 그런데,

　　새로 들어올 당신들은 금토동을 견딜 수 있을까.

140
나영길

나영길

한국예술종합학교 영상원 영화과를 졸업했고, 단편영화 〈겟세마네의 개〉, 〈IXΘYΣ〉, 〈염〉, 〈호산나〉, 〈양〉 등을 연출했다. 베를린국제영화제 단편경쟁부 문 황금곰상 등을 수상했으며, 현재 또 다른 영화를 준비 중이다.

무인도가 되어버린

조수광 ✳ 시인, 캘리그래퍼

네가 떠났다.

네 심장을 외로움이 괴롭힐 무렵이었다.

너와 나의 이야기는 밤낮을 몰랐었는데 이상과 현실 사이에서 갑자기 쏟아지던 폭풍우를 피하지 못해 우리는 길을 잃어 서로 저리고 저린 마음을 앓았다. 그래도 너의 목소리가 잠시 꽃빛으로 빛날 때 나는 기뻤다.

나보다 더 나를 사랑한 너에게, 네가 하는 모든 몸짓과 말들에 나는 눈물이 났었다.

어찌 보면 우리의 시간은 한 줄 시(詩)보다 짧았지만 그 무엇보다 뜨거웠다는 것을 나는 알고 있다.

나는 어둔 밤의 방랑객이 되었다. 빗물은 독한 술처럼 붉은 입술을 적시고 지나가던 바람이 호주머니에 생의 비밀이 적힌 쪽지를 넣어주고 갔다고 젖은 능소화 꽃잎을 닮은 가로등이 일러주었지만 아무리 뒤져봐도 바람의 쪽지는 손에 잡히지 않는다.

기억의 안방 가득 쌓인 먼지처럼 호주머니 속의 먼지들.

마른 나무에서 무뚝뚝하게 떨어지는 잎잎들.

문득 저 잎들이 삶의 비밀을 알고 있을 것만 같다고 생각한다.

젖은 바닥 위로 몸을 포개어 한기를 달래다 고요해지는 잎들은 바람이 불면 다시 황량한 거리에서 거리로 자리를 옮기는 유목인이 된다.

검은 나무 밑동마다 게르를 닮은 낙엽 더미들.

어둔 밤의 하늘을 올려다보는 것은 어둠 너머의 너머 혹은 어둠의 중심으로 더 멀리 그리고 깊숙이 들어가고 싶은 생각 때문에 마음의 발바닥이 간지러운 것이다.

밤의 순례자인 양 빗속에서도 고양이의 걸음걸이는 느긋하다.

걸음걸음에 어떤 격렬함도 없고 그저 익숙한 멜로디에 템포를 맞추는 손가락의 움직임을 닮았다.

여기는 너무 낯선 곳.

네가 없는 나는 영원한 이방인이다.

마음이 마음에게 지고 내가 나인 것이 시끄러워 견딜 수 없을 때, 내가 네가 아닌 것이 견딜 수 없이 시끄러울 때, 어제 저녁 너는 고마움

조수광

이고 오늘 아침 나는 미안함이 되는 것이다.

손이 하는 일은 결국 다른 손을 찾는 것.[*]

네 눈 속 깊은 곳엔 경이롭고 황홀한 길이 있었고 그 길을 나는 즐겨 걷곤 했었다.

그런데 이곳에서 대체 나는 무얼 하고 있는 것인지!

시간은 창문을 타고 내려오는 빗물 같기만 하다는 문장이 어울리는 계절에 나는 산다.

그날의 아름다운 꿈들은 끔찍하게 형편없는 계획이었다는 것을 나는 알아버렸다.

이 계절은 가만히 눈을 감고 간신히 가라앉은 신열을 다독이고 있다.

나를 너의 궤도 안에 있게 해줘, 오래 끌어안듯 맴돌다 눈이 멀어도 좋겠다고 마른손으로 일기를 쓰던 새벽은 아주 오래전의 장면과 오버랩되기도 했다.

이를테면 나는 밤새 모아둔 아름답고 예쁜 말들을 너에게 주고 싶었다.

꽃 한 송이가 전하는 암호를 다 해독하고 나면 꽃처럼 가슴이 뜨거워질 수 있을까를 생각하는 시간이 많았었다.

글썽글썽 떨고 있는 겨울 밤하늘의 별들을 보는 마음은 아무 말도 없는 한밤의 달의 표정과 많이 닮아 있었다.

---

[*]이문재,「손은 손을 찾는다」에서 빌림.

하늘 강을 유유히 흐르다 사라지는 구름들.

한 사람 그리워 그리워하다가 꽃이 돼버린 사람의 이야기를 너는 들어보았을까 생각한다.

달의 뒤쪽에 너에 대한 마음을 숨겨두고 온 밤이 있다고 나는 아직 너에게 말하지 못했다.

그러므로 어제와 오늘의 얼굴은 늘 같은 표정이다.

그렇다.

난 내가 어떤 한 생각에 너무 오랫동안 집착하고 있다는 걸 잘 알고 있다.

희망이라는 단어에서는 이제 퀴퀴하고 눅눅한 냄새가 난다.

점점 쓸모없어져 가는 것들이 많아진다.

어디서부터 잘못된 것일까를 생각하다가 전생을 서성이고 있는 것만 같다고 나는 또 느끼는 것이다.

입버릇처럼 내뱉던 말들, 그것은 이미 시간의 공중으로 흩어지고 사랑이라는 이름으로 숱한 마음들에 상처를 남기고서 나는 이 순간 안에 던져진 것이다.

보라, 더께더께 쌓인 죄들이 하나둘 날려 햇빛 속 먼지처럼 반짝거린다.

반짝거려도 죄는 죄일 뿐 그 무엇도 되지 못한다는 것을 저녁노을은 나지막이 말하고 사라진다.

되돌아 생각해보는 것은 언제나 아득하고 아련해지는 것, 그것을

조수광

더듬어보는 일과 같다.

이렇듯 아름다웠던 것은 때로 슬픈 것이 되기도 하는가 보다. 그 반대일는지도 모른다.

간혹 설렘 비슷한 감정이나 깨진 술잔같이 슬퍼진 마음은 몽유병을 앓듯 여전히 낯선 거리를 배회하곤 한다.

그래. 어제가, 오늘 하루가 이렇게 온통 잿빛인 것은 순전히 내 탓이리라.

우리가 세워 올린 왕국이 무너져 내리던 하늘 위로 치욕처럼 충혈된 별들이 아슬아슬 반짝거리며 시들어가던 것을 나는 보았다.

그 별빛들이 아직도 두 어깨를 짓누르는 것 같다.

한편, 시간의 머릿결 사이로 바람처럼 빠져나가는 장면들.

너를 잃고 여태껏 그 어떤 격한 간절함도 없이 수조 바닥에 붙은 납작한 어류처럼 살고 있는 나는 과연 용기로 충만한 것인가 아니면 용기가 턱없이 부족한 것인가를 생각한다.

또 모든 추억들이 꿈결인 듯 사라져버리고 나면 내일은 얼마나 깜깜할까.

아, 얼마나 환할까를 생각하기도 한다.

생각의 끝은 늘 헛헛하기만 하다.

나는 네 삶 한 페이지에 적힌 올바르지 못한 문장 같았다, 라고 중얼거린다.

무인도가 되어버린

비문(非文)이었다.

하지만 나의 유령은 언제나 너를 배고파했고 너는 없는데 언제 어디서고 너를 마주치는 것은 아름답거나 혹은 아픈 일이 아닐 수 없다.

네게 가까이 가서 너의 심장 뛰는 소리를 듣고 싶어질 때가 많다.

해가 지고 달이 뜨고 어둠이 겹겹이 쌓이고 그런 날에 나는 너와 같이 듣던 음악을 혼자 듣곤 한다.

"네가 없는 나는 이 삶에서 영원한 이방인"이라고 쓴 문장을 다시 읽는다.

바람의 속눈썹이 아름다운 계절에 나는 너를 그리고 추억을 읽는다.

몇 페이지의 추억을 읽는 동안 계절은 가버렸다.

그리움과 열망 사이에서 아득해지는 우리의 지난날들.

떨어지는 한 방울 눈물을 반으로 가르고 가슴속에 멍울지듯 피는 꽃송이들에게 어떤 이름도 붙여줄 수 없는 밤과 낮들이 많았다.

하고 싶은 말들은 많은데 오히려 입술은 열리지 않고 반짝이는 슬픔들.

고장 난 형광등처럼 명멸하는 생각들이 내쉬는 가쁜 숨도 헛헛하다.

그렇다. 진실은 수시로 우리의 마음을 괴롭힌다는 것을 알았을 때 너는 내게 없었다.

괜찮다고, 마음이 마음에게 지고 우는 것이, 웃는 것이 삶이라고 누군가 위로한다.

한 번도 증오해본 적 없는 자신의 삶을 실컷 증오한 후에야 자신을

조수광

사랑하는 법을 배우기도 하는 것이 삶일까 생각했다.

　이별을 말한 이후로 슬픔은 무한해졌고 소중한 것을 꿈속에 그대로 두고 꿈 밖으로 나온 듯이 마음은 허탈해졌다.
　지난날의 페이지에서 들리는 슬프고 또 즐거운 멜로디.
　잊어야 한다는 것을 아는 듯이 검고 수척한 나무가 가지 끝 검은 잎 하나를 떨어뜨린다.

　망망한 가슴을 두드리며 흐린 겨울 저녁의 서글픈 마음을 외면하고 싶은 날이 있었다.
　꽃이 피는 것을 보면서 네 생각도 같이 피는 날도 있었다.
　마모된 기억들을 더듬는 일과 잿빛 그림자 드리운 마음들까지 끌어안을 수 있는 계절이 왔으면 싶은 날도 있었다.

　그러므로 불안의 가장자리를 잠시 표류하던 폐선(廢船) 같은 마음이 물의 깊은 아래쪽, 그 품에 가만히 안겨 천 년 만 년 수억 년 동안 아득히 잠들 듯이 혹은 깊은 밤의 심연에 커다랗게 놓인 바위처럼 폭풍과 폭우에도, 천둥과 번개에도, 혹한과 혹서에도 침묵할 줄 아는 그 마음으로 새벽 또는 저녁 강가에서 먼먼 세기의 풍경을 만나 아름다운 말들로 지어진 우리들의 옛이야기들을 다시 듣고 싶다.
　길 잃은 마음은 다시 글썽글썽 떨고 있는 별들을 본다.
　삶이 짐처럼 느껴지는 나쁜 마음, 문득 나는 아니 우리는 실컷 아

무인도가 되어버린

프고 슬프라고 이생에 던져진 것이 아닐까 생각을 한다.

수만 년을 가혹하게.

더욱 허름해진 삶은 자꾸 아득해지기만 하는데 아랑곳 않고 시간은 행진한다.

나를 흥건히 취하게 하는 어둠.

어둔 밤 골목에서 만난 검은 길고양이의 쓸쓸하면서도 결연한 눈빛.

한 줄 짧은 시 같기도 하고 애절한 사연을 담은 한 편의 에세이 같기도 한 오후에서 저녁으로 넘어가는 그 시각의 분위기와 향기를 너도 알고 있을까?

그 장면들에도 네가 있다.

깊은 밤 홀로 깨어 구름 사이 달을 올려다볼 때 마음의 중앙에서부터 퍼지는 파문은 그리움의 다른 이름이다.

지려고 꽃피우는 식물들.

죽으려고 태어나는 생물들.

떨어지려고 맺히는 고드름과 열매들.

닫히려고 열리는 문과 서랍들.

멈추려고 구르고 흐르는 공과 물들.

사라지려고 무진 피어난 안개들.

깨어나려고 다독이는 잠들.

썩으려고 단장하는 몸과 얼굴들.

헤어지려고 만나는 사람들을 나는 생각한다.

조수광

모든 것은 모든 것을 이어받고 존속을 꿈꾸다 사라진다.

바람에 떠밀려 내 앞을 굴러가는 잎 하나가 나보다 더 안녕하다고 느껴지는 밤이다.

너에 대해 너무 많은 것을 알고 있지만 나는 여전히 너를 모르고 있는 것만 같다.

영화처럼 만났다가 가슴 시린 한 문장 시처럼 헤어져서는 아직 끝나지 않은 장편소설처럼 그리워하는 것이 나의 사랑이다.

오래된 서적 사랑의 문장에 밑줄을 긋는 사람은 누군가를 그리워하는 사람이다.
길을 걷다 꽃빛 단풍잎을 고이 주워 간직하는 사람은 누군가를 그리워하는 사람이다.
서쪽 하늘 노을을 한참 바라보고 있는 사람은 누군가를 그리워하는 사람이다.
계절이 깊어질수록 이렇듯 마음은 대책 없이 저려오는 것이다.
그 계절의 끝에서 헤어진 너의 눈빛을 잊지 못해 눈을 감으면 여전히 네가 보인다.

네가 떠났다.

무인도가 되어버린

네가 떠나고 나는 무인도가 되어버렸다.

밤낮 없이 외롭고 적막한.

공중 위로 추억과 기억이 깃털 빠진 새처럼 푸덕푸덕 날고 있는.

조수광

2003년 대학을 졸업하면서 문예지로 등단했다. 여전히 글을 쓰고 있다. 글씨도 쓰고(캘리그래피) 간혹 그림도 그리며 소요(逍遙)하고 있다.

폐, 심장, 자궁, 입술, 뇌

박희아 ✳ 기자, 작가, 작사가

1. 폐(肺)

아이를 낳자는 남자의 제안에 여자는 숨을 쉬기가 어렵다. 가슴이 답답해지면서 공황 상태에 빠지고, 팔과 다리도 어떻게 움직여야 할지 모르는 낡은 로봇처럼 삐걱댄다. 아이를 낳고 싶지 않아서가 아니다. 아이를 낳는 순간, 엄청난 양의 이산화탄소가 발생하고, 자신들이 늘 말하던 '좋은 사람'과는 한 발 멀어진다. 이미 지구는 인간들의 머릿수만으로도 포화 상태고, 포화를 이룩한 데에 기여하게 되면…. 글쎄, 아이를 낳으면 무려 일 년마다 762그루의 플라타너스 나무를 심어야만 탄소 발자국을 지울 수 있다는 엄청난 사실을 마주할 때, 우리는 어떤 선택을 할 것인가. 분리수거를 하고 인조 가죽으로 된 구두를 신는 우리. 하지만 에어컨을 켜고 자동차를 모는 우리는 엄청난 수송 거리 때문에 지구에 큰 피해를 입히는 아보카도를 수입하고, 에어로졸 스프레이를 쓴다. 특별한 장면 전환도, 무대 장치도 없이 오로지 환경과 사랑에 대해 고민하고, 다투고, 껴안고, 입을 맞추는 연인의 말들로 구성된 이 작품의 제목은 우리말로 폐를 뜻하는 〈렁스(Lungs)〉다.

　　그들에게는 오로지 감정의 수납을 위해 만들어진 '두 번째 서랍'이 있다. 남자는 그 안에 여자를 공황으로 이끄는 각종 악몽의 레시피를 집어넣은 뒤, 얼른 문이 닫히기를 기다린다. 그러나 여자는 끝낼 생각이 없다. 아이를 낳자는 남자의 말에서부터 태어난 거대한 고민의 덩어리는 계속 크기를 불려갈 뿐이다. 서랍 닫기를 거부한 여자가 담배를 피우며 남자를 한참 동안 기다리게 한 뒤에야 간신히 줄어든 고민 덩어리. 하지만 덩어리는 덩어리였다. 그것은 연신 무대 위를 떠나지 못하고 팽팽 굴러다녔다. "우리는 좋은 사람들일까?"라는 질문과 함께, 두 사람을 괴롭혔다.

　　나 또한 괴로워하고 있었다. 그날, 하필이면, 나는 다른 관객들과 조금 동떨어진 자리에 홀로 앉아 있었다. 열의 관객은 오로지 나뿐이었다. 두어 줄 앞에 자리한 관객들과의 거리가 멀었느냐 물으면 그것은 아니었지만, 물리적으로 설명할 수 없는, 처음으로 홀로 앉은 극장 뒤편의 무인도에서 나는 기이한 감각과 마주했다. 내가 저 연인과 함께 지구를 숨 쉬게 만드는 폐의 한 조각이 되어 있다는. 아무리 인구가 포화 상태에 이르렀어도, 이 행성을 은하계의 무인도가 아닌 동물의 안식처로 인식하게 만든 것은 분명 인간이었다. 여자도

박희아

남자도 나도, 나아가 그날 극장에 앉아 있던 모두가 이 행성의 숨통이었다.

그리고 쉴 새 없이 쏟아지는 대사를 읊던 그들이 간신히 숨을 고를 때마다, 우습게도 나는 그들이 나를 보고 숨을 쉬길 바랐다. 옆에 아무도 없으니, 신체를 조각내서 숨의 본거지가 되는 폐의 자리에 앉아 있는 나를 상상할 수 있었다. 급속도로 퍼지는 바이러스의 공격으로 이전과는 달리 비어버린 관객석. 그곳에서 나는 그들을 위한 두 번째 서랍이 되고 싶어졌다. 어떤 말을 쏟아내도 오롯이 그들과 호흡하고, 틈을 내주는 한 명의 관객. 외딴섬에서 구조 신호조차 보내지 않고, 당신들과 같은 길을 택하고 싶은 인간. 나는 잠시 무대 위를 굴러다니던 공황의 덩어리를 안았다. 뒤에서 달칵거리는 콘솔의 소리만 들렸다. 내 속 안에서 고요한 상상력이 피어올랐다. 나는 폐였다. 두 번째 서랍이었다. 갓 심은 플라타너스 나무 한 그루였다. 좋은 사람이었다.

2. 심장(心臟)

"심장도 없으면서." 인간을 돕기 위해 만들어졌다가 쓸모를 잃거나 낡아서 버려진 구식 로봇들이 모여 사는 아파트. 그들에게는 당연히 심장이 없다. 그러면 어떻게 감정을 느끼지? 어떻게 너를 만지고, 어떻게 너와 입을 맞추고, 어떻게 내일을 기대할 수 있지? 그러니까, 메말라서 갈라진 삶의 틈들을 어떻게 메울 수 있는 거야? 사랑 없

폐, 심장, 자궁, 입술, 뇌

이. 머릿속에는 이토록 빤한 질문들이 쏟아지는데, 운 좋게 다정한 인간을 만나 그의 취향과 취미를 공유한, 그럼에도 불구하고 혼자 남겨진 남자 로봇이 하는 말에 완전히 혼란에 빠진다. "떨어져 있게 될 줄은 정말 몰랐다고, 연락도 못한 이유를 다 나에게 말하며 미안해할 테죠."

심장이 없다며? 그런데 이미 애정에 기반한 믿음이라는 개념을 체득한 남자 로봇이 하는 말들은 우리가 흔히 말하듯 심장에서 우러나오는 고백이다. 그는 이미 인간과의 교감을 통해 믿음이라는 개념을 체득해버린 존재이고, 나아가 믿음에 관해 절대적인 믿음을 갖고 있어서 기대도 실망도 할 줄 안다. 전 주인이 죽었다는 이야기를 전해 듣고, 집안사람들마저도 자신을 필요로 하지 않는다는 사실을 깨달은 로봇의 공허한 눈빛에서 우리는 어떻게 심장이 없는 이를 상상할 수 있을까. 만일 그가 로봇으로서 처음 마주한 세상을 태초라고 얘기할 수 있다면, 그는 태초에 믿음이 존재한 에덴동산에 살았다. 하지만 어쩌지? 모든 게 단번에 쓸모가 없어졌다. 에덴동산의 풍요와 자유가 하나씩 퍼즐 조각처럼 찢어졌다. 로봇은, 고립되어버렸다. 인간으로부터, 믿음으로부터, 사랑으로부터.

와르르 깨어지는 에덴에서 마지막 한 줄기의 희망을 발견한 것은 그와 같은 아파트에 살던 여자 로봇이다. 심장도 없으면서 인간인 척 말하고 행동한다고 면박을 주던 여자 로봇. 인간을 믿지 않고, 낡아빠진 자신의 숨이 곧 다할 것이라는 사실을 알고도 덤덤했던 그는 무너지는 남자 로봇의 절망을 함께 공유한다. 그리고, 남자 로봇을 붙잡아 일으킨다. 너의 믿음을 잃지 말라고. 죽은 인간이 낡은 LP 한 장에 너의 이름을 새겨놓지 않았느냐고. 인간을 믿지 않던 자신이 틀렸다고. 애초에 삭막했던 에덴에서 태어난 여자 로봇은 믿음이 배신당하지 않는 순간을 목도하면서 엉망이 돼버린 남자 로봇의 퍼즐을 대신 맞춰준다. 마음은 혼자 존재하지 않는다고. 그와 너는 하나의 마음을 공유하고 있었던 거라고. 네가 맞았다고.

심장은 아닌데, 심장과 닮은 것이 있다. 그저 마음이고, 감정이라고 일컬어지는 것들. 한 번도 마주하지 못했던 상황 앞에서 두 로봇이 느끼는 설렘과 슬픔 같은 감정들은 물리적인 심장의 쓰임과 완전히 분리돼 있다. 사실 하트 모양으로 그린 심장으로 빗대 사랑을 표현하는 당신도 알고 있다. 심장이 그저 인간의 생존에 필수적인 장기일 뿐이란 사실을. 심장이 쿵쾅거리며 뛰는 순간에, 정말 중요한 것은 1초에 얼마라고 얘기하는 박동 수가 아니라 우리의 손끝이 마주 닿았을 때, 어깨에 기대 잠든 이의 모습을 바라볼 때 비로소 피어난 마음이고, 우러난 감정이다.

지금껏 내가 떠든 뮤지컬의 제목은 〈어쩌면 해피엔딩(Maybe Happy Ending)〉이다. 당신이 어떤 생각을 하고 있는지는 잘 모르겠는데, 나는 어쩌면이든 어쩌다든 그저 해피엔딩이면 다 좋은 사람이다. 그래서 다시 한 번 말한다. 해피엔딩을 기대하는 우리의 말과 행동은 인체의 신비에서 비롯된 게 아니라고. 생의 경험에서 나오는 것이라고. 외딴섬에서 빠져나와 필연적으로 겪는 몇 번의 풍파는 정말로 쓸모없지 않다. 심장과 닮은 것들이 당신을 지켜주고 있기 때문에.

폐, 심장, 자궁, 입술, 뇌

3. 자궁(子宮)

〈헤드윅(Hedwig And The Angry Inch)〉은 아주 쉬운 얘기다. 비유도 상징도 간단하다. 벌거벗은 소년에게 미제 구미 베어를 던져 주는 슈가 대디가 나오고, "자유에는 희생이 따른다"라며 그가 성기를 자른 뒤 남자와 결혼할 수 있도록 자신의 이름을 내주는 엄마가 등장한다. 하지만 사랑 따위는 별로 오래가지도 않아서, 이혼은 재빨랐다. 사랑의 기원에 대한 만들어진 신화를 통해 그는 또다시 한 소년을 마음 깊이 사랑하게 된다. 괴상한 성기의 모양 때문에 외면당하고, 자신이 만든 노래를 뺏기고, 존재를 부정당하면서도 소년을 잊을 수가 없다. 여기까지가 드랙퀸인 이츠학을 자신의 남편으로 삼을 때까지 끊임없이 다리와 마음을 벌린 헤드윅의 이야기. 얼마나 쉬운 전개인지, 무대 위에서 배우가 늘어놓는 말만 쭉 듣고 있어도 된다.

그런데 이상하다. 이야기의 흐름을 깨치는 것 말고는 아무것도 쉽지가 않았다. 자궁이 없는 남성이 트랜스젠더 여성을 연기하고, 동시에 자궁이 있는 여성이 여성이 되고 싶은 남성을 연기한다는 설정. 이런 식의 의도된 연출이 신기하고, 때로는 신비롭기도 해서 어린 나이에는 존 카메론 미첼과 미리암 쇼어의 잠자리를 몇 번이나 돌려봤다. 그 후로 시간이 조금 지난 후에 무대에서 만난 헤드윅은 나에게 물었다. "저년이 대체 무슨 말을 하는 건가 싶지?" 그의 지난 역사를 알고 있으니 저런 농담에 허탈한 웃음이라도 나야 하는데, 도무지 웃음이 안 났다. 그렇다고 눈물이 난 것도 아니었다. 자조의 끝에 다다른 듯한 말들이 지닌 자기 파괴적인 성질에 숨이 막힐 뿐이었다.

그럼에도 불구하고 여전히 나는 지독하게 외로워 보이던 그가 마음으로 품어서 데운 서정을 마음 깊이 아낀다. 자궁을 심지 못하는 대신 엉터리로 잘린 성기를 가지고, 헤드뱅잉을 하며 뛰어다니는 저 미친 여자는 무척이나 사랑스럽다. 여자의 모습을 동경하는 자기의 본성을 억누르고 스포트라이트의 뒤편에서 또 다른 소수자의 삶을 말하는 이츠학도 마찬가지다. 모두가 가엾고 서러워서, 사랑스러웠다. 동정심은 아니었다. 어차피 거기 앉아 있는 우리 모두가 외롭게 자신의 자리를 지키고 있는 반쪽짜리 존재들이었으니까. 제우스가 번개로 잘라 만든 아이들이 무대 위와 아래에서 무너진 베를린 장벽을 보고 있었다. 우리 모두, 무너진 장벽의 잔해를 딛고 올라설 준비를 하고 있었다.

베를린 장벽이 무너지고도 그 잔해에 깔려 신음하고 있던 헤드윅과 이츠학. 서로의 손을 잡고 날카로운 잔해를 뚫고 헤치고 가르고 나온 두 사람은 어차피 부조리한 세상을 마주했을 것이고, 좌절했을지도 모른다. 또다시 고립된 이야기를 음악으로 엮어야 했을지도. 그래도 이들이 갈망하던 자유로운 몸, 자유로운 정신으로 살아갈 수 있는 길은 있다. 지금 당신이 이들에게 내민 손, 하늘을 향해 힘껏 들어 올린 손이 헤드윅과 이츠학에게 새로운 삶을 주었을 테니까.

우리는 각자의 생의 방식을 존중하며 홀로 꼿꼿하게 서 있는 사람들의 그림자를 밟으며 자란다. 작고 옅은 나의 세상에서조차 그런 사람들이 늘 존재한다. 그들을 마주할 때마다 나는 헤드윅이 이

폐, 심장, 자궁, 입술, 뇌

츠학에게 보낸 마지막 키스의 뜨거운 다정함을 떠올리고 있다. 각자의 자유를 위해 기꺼이 서로의 볼에 키스를 나누는 사람들이 많아지는 세상을 꿈꾼다. 이런 세상에서는 자궁의 유무 또한 별 문제가 되지 않을 것이다. 사실, 하늘과 땅에는 본디 성별이 없어서 자궁 따위도 존재하지 않았다. 그러니 우리는 있던 자리로 돌아가는 것뿐이다.

4. 입술[脣]

셰익스피어의 『로미오와 줄리엣』을 함께 읽으면서 뛰고, 발을 구르고, 껴안고, 우는 네 명의 소년을 만났다. 그들은 알고 있다. 무인도처럼 고립된 학교에서 그들이 입을 열고 사랑의 말을 속삭일 수 있는 방법은 모두가 잠든 시간에, 오래된 책의 말을 빌리는 것뿐이라는 사실을. 오로지 책 하나를 가지고서 멋대로 꾸며지는 덕분에 아주 재미있고 활기차 보이는 소년들의 놀이. 붉은 천이 휘날리고, 소년들의 입술은 단 한 번도 입 밖으로 내보지 못한 드라마의 스릴에 취해 바쁘게 움직인다.

하지만 자신의 뜻대로 무엇 하나 해보지 못한 소년들은 수줍다가도 때때로 거칠어진다. 폭력적인 어른들에 의해 만들어진 소극적인 성정이, 과감하지만 과격한 발 구르기를 통해 폭발적인 에너지로 가슴을 찢고 터져 나온다. 그들이 발을 구르는 순간마다 눈에 어리는 광기로 인해 무대는 모두 붉어진다. 방금 전까지 놀이에 쓰이던 붉은 천에 목이 졸려도 괜찮다. 천을 찢어버리면 된다. 소년들이 처음

내딛은 길에서 만난 뜨거운 에너지는 고립을 거부하고 용기를 낸 자들의 것이면서, 동시에 스스로의 힘만으로 욕망을 통제하는 법을 배우지 못한 설익은 자들의 것이다.

　소년들에게는 『로미오와 줄리엣』의 끔찍한 결말을 우아하고 세련된 사랑 이야기로 바꿔놓을 수 있는 능력이 있다. 그러나 이 우아한 결말에 이르기까지 아이들이 어른들로부터 학대받았던 경험은 서로를 힘으로 압도해야 하는 장면들에서 문득문득 튀어나와 세계의 악독함을 부각시킨다. 또한 규율이 엄격한 기숙사 안에서 억눌러왔던 개개인의 성향이 장면 곳곳에서 드러날 때, 장난스럽지만 부러지지 않을 정도로 속이 강한, 혹은 터프하게 몸을 움직이고 소리를 치지만 연약한, 그런 모순적인 수식어들이 부드럽게 만나 얽혀드는 지점이 생긴다. 그때마다 얇고 아름다운 붉은 천은, 네 소년이 얽히고 설키며 한 줄씩 서툴게 지은 그들의 소네트를 대신 읊어주고는 한다.

　"내 죄는 그대의 입술로 씻겼소." 로미오의 말에 줄리엣은 대답한다. "그렇다면 내 입술로 죄가 옮겨왔군요." 답답한 무인도와 같이 꽉 막힌 공간에서 그들은 바쁘게 움직이는 입술로 서로에게 숨을 불어넣는다. 서로에게 죄를 옮기고, 서로에게서 죄를 가져온다. 소년들에게 입술은 절실하다. 한 번도 입 밖에 내보지 못했던 키스의 황홀함을 상상하게 하고, 그 황홀함이 실제로 존재하는 감각인지 시험해보기 위해 자꾸만 셰익스피어의 책을 꺼내들게 만드는 힘. 그 힘이 입술로부터 나온다. 그 감각이 연인들끼리의 사랑을 넘어서서 서로에게로 확장되는 순간을 보고 있으면, 또한 겪어본 어리숙함에 몸이 떨

폐, 심장, 자궁, 입술, 뇌

린다. 사랑을 씹어 삼킬 줄 모르고 토해내기만 하는 그 어린 마음들에 현기증이 난다.

셰익스피어의 소네트 18번은 그 자체가 아름다운 언어들로 직조된 세상이다. 그러나 로미오가 된 첫 번째 소년의 입을 통해 익숙한 소네트의 아름다움이 흘러나올 때, 셰익스피어의 세상 대신 처음 보는 시구의 고운 언어들을 다시 만난다. 고운 언어는 곱게 그러쥐어야 한다. 마치 처음 보는 시구를 읽은 것처럼 소중하게 다뤄야 한다. 가시밭길을 맨발로 건너보고, 견고한 천장을 온몸으로 부숴가며 찾아낸 사랑의 정의를, 토하지 않고 씹어 삼켜야 한다. 왜냐하면 나는 토해봤으니까. 그걸 주워 삼키는 법을 알고 있는 어른이라서.

고립을 온몸으로 거부하고 서로 손을 잡길 택하는 네 소년의 사랑. 속이 다 들여다보이는 붉은 천은 초야 장면의 설렘부터, 때때로 마주하게 되는 폭력성까지 모두 투명하게 덮어주고 있다. 이 작품의 속내를 모두 다 관찰하고, 모두 다 느끼고, 모두 다 꼭꼭 씹어 삼키라는 듯이. 소년들이 나를 보고 웃는다. 지금 나의 입술로 말하건대, 당신은 여전히 사랑에 대해 알아가고 있는 중이야. 비록 지금은 셰익스피어의 언어를 빌렸지만, 이제 곧 내 입술로 내 사랑에게 안부를 전하고 고백을 할 거야. 연극 〈알앤제이(SHAKESPEARE'S R&J)〉를 보고 있으면 마지막 장면에서 꼭 이 말이 들렸다. 우리를 보고 있는 당신은 어떤 어른으로 자랐느냐고 묻는 것만 같았다.

5. 뇌(腦)

"어디서 읽은 건데, 인간의 두뇌는 이것저것 다 기억한대. 순간순간 디테일마다 하나도 빠짐없이 머리에 다 저장한다는 거야. 물론, 보지 못한 건 저장할 수도 없겠지. 넌 못 봤잖아. 그러니까 평생 궁금할 수밖에 없지." 인간의 두뇌는 보지 못한 것은 기억하지 못한다고, 이미 죽어버린 친구가 말한다. 그를 기억 속에서 끄집어낸 남자는 자연히 멀어졌던 오랜 친구의 죽음이 그의 탓이라는 죄책감에 시달리고 있다. 베스트셀러 작가인 남자는 사실 이야기의 원천을 모두 죽은 친구에게서 끌어다 썼다. 하지만 고마움을 표시한 적은 없다. 그게 그를 더욱 고통스럽게 만든다.

타인의 이야기를 앗아 오는 일은 자신이 보지도 듣지도 못한 세상을 훔쳐 오는 것과 같다. 그렇다 보니 이야기는 빈약해지기 쉽고, 좋은 소재를 찾았다며 기뻐하기도 전에 죄책감에 펜이 움직이지 않는 순간을 마주하기도 한다. 핼러윈 때마다 죽은 엄마의 목욕 가운을 입고 나타나서 놀림감이 되었던 죽은 친구. 남자의 생일선물로 조립 비행기 대신에 조그만 서점에서 『톰 소여의 모험』을 꺼내 건네준 죽은 친구. 나비의 날갯짓에 빙하가 녹는다며 호들갑을 떨던 죽은 친구. 해맑은 말과 행동들로 평탄하게 흘러가는 세상에 균열을 내며 자신만의 삶을 살아가던 사람이, 그런 이가 남긴 마지막 이야기의 한 조각은 무엇이었나.

남자는 친구의 이야기를 모두 앗아 와 글을 썼고, 당연히 펜은

폐, 심장, 자궁, 입술, 뇌

멈췄다. 그리고 더 이상 움직이지 않는 펜을 본 죽은 친구는 낡은 책장에서 종이 뭉치를 가득 꺼내 들고 남자의 앞에 나타난다. 종이 뭉치는 무대 곳곳에 아무렇게나 꽂혀 있는데, 마치 나의 머릿속 같기도 하다. 이미 뒤엉켜버린 시공간에서 이미 잃어버린 소중한 기억, 아니면 추억을 불러낼 수 있다면 무엇이든 할 수 있을 것만 같은, 작가의 머릿속. 소망. 아니, 실은 울음. 검고 붉은 뇌의 작용을 따르는 인간의 한계를 이기고 싶은 객기.

이해할 수 있다. 보지 못한 것까지도 알려달라 매달리고 싶은, 차마 글로 옮기지조차 못할 죽음의 진실을 간절히 원하는 저 남자를. 자, 이것도, 저것도 봐봐. 그래, 이건 지금의 너에게 조금 아프고 부담스러운 이야기지? 그러면 우리 조금 있다가 다시 꺼내서 읽어보자. 그때의 너는 잠깐 사이에 또 자라 있을 테니, 난 이 자리에서 기다리고 있을게. 뮤지컬 〈스토리 오브 마이 라이프(The Story Of My Life)〉는 죽은 친구의 환상을 통해 당신의 안에 이미 수많은 세계가 들어 있다면서 다정하게 위로를 건넨다.

외톨이처럼 보였던 죽은 친구는 더 이상 쓸쓸하지 않다. 혼자 남은 친구의 머릿속에서 재창조될 자신의 세계를 기대하고 있기 때문이다. 그는 남자를 원망하지 않는다. 대신에 사랑스러운 언어들로 가득한 자신의 이야기를 모두 선물한다. 나는 이런 선물을 받아본 적이 있었나, 잠시 생각해본다. 대단한 영감을 받아본 적이 없기에 "전혀 없다"라고 단언하려 했더니, 주변 사람들과, 내가 읽었던 책과, 내가 보았던 영화, 드라마, 공연 같은 것들이 줄줄이 떠오른다. 그동안

박희아

나의 두뇌는 이것저것 기억하려 애를 써왔구나. 그 노력을 없던 셈 치자니 이보다 송구스러울 수가 없다. 혼자서 완성되는 이야기는 없는데, 그걸 잊어버릴 뻔했다. 그리고 마침내, 이게 내 이야기의 끝이다.

온갖 위로를 꼭 껴안고, 무인도 탈출 성공!

박희아

우연히 엔터테인먼트 산업에서 일을 하게 된 후로, 어느새 11년차 문화 전문 기자이자 작가, 작사가 등 여러 가지 수식어를 앞에 달고 일한다. 한국의 아이돌 산업과 관련해 『아이돌 메이커』, 『아이돌의 작업실』, 『우리의 무대는 계속될 거야』 등 세 권의 인터뷰집을 만들었고, 대중문화 산업에 종사하는 예술가들의 이야기를 담은 『직업으로서의 예술가』 시리즈를 통해 아주 많은 사람들을 만났다. 사람을 많이 좋아하는 것 같다.

폐, 심장, 자궁, 입술, 뇌

문예단행본 ✳ 도마뱀 ✳ 05 ✳ 무인도

혼자여도, 혼자여서 괜찮아

초판 인쇄 2021년 11월 10일

초판 발행 2021년 11월 25일

지은이 이병철, 김영석, 김하나, 김용운, 박은정, 백정우,
오재원, 유려한, 엄관용, 이현호, 이태형, 정병욱,
나영길, 조수광, 박희아

기획·편집 박은정, 이유진, 이현호, 임지원

책임편집 이현호

디자인 와이겔리

펴낸곳 도마뱀출판사

펴낸이 조동욱

등록 제2007-000083호

주소 03057 서울시 종로구 계동2길 17-13(계동)

전화 (02) 744-8846

팩스 (02) 744-8847

이메일 domabaembook@naver.com

블로그 http://blog.naver.com/ybooks

인스타그램 @domabaembooks

ISBN 979-11-975351-1-6 04810

ISSN 2765-5342 13

✳책값은 뒤표지에 있습니다.

✳잘못 만들어진 책은 바꿔 드립니다.